古典的春水

潘向黎古诗词十二讲

潘向黎 著

人民文学出版社

图书在版编目（CIP）数据

古典的春水：潘向黎古诗词十二讲/潘向黎著．—北京：人民文学出版社，2022

ISBN 978-7-02-015246-9

Ⅰ.①古… Ⅱ.①潘… Ⅲ.①古典诗歌—诗歌欣赏—中国—文集 Ⅳ.①I207.2-53

中国版本图书馆CIP数据核字（2022）第009473号

责任编辑　臧永清　刘　伟
装帧设计　刘　远
责任校对　杨益民
责任印制　史　帅

出版发行　人民文学出版社
社　　址　北京市朝内大街166号
邮政编码　100705

印　　刷　北京盛通印刷股份有限公司
经　　销　全国新华书店等

字　　数　108千字
开　　本　880毫米×1230毫米　1/32
印　　张　10.5
印　　数　1—30000
版　　次　2022年3月北京第1版
印　　次　2022年3月第1次印刷

书　　号　978-7-02-015246-9
定　　价　69.00元

如有印装质量问题，请与本社图书销售中心调换。电话：010-65233595

目录

杜甫埋伏在中年等我（代序）……… 001

未有情深而语不佳者 ……… 001

行走在时间的旷野 ……… 023

生命意识与无名哀愁 ……… 045

女性之美的巅峰摹写 ……… 069

流逝永恒，此刻亦永在 ……… 093

哀感顽艳的"顽"与"艳" ……… 117

每一片落叶、每一瓣残花都被看见 …………… *139*

浅情世间，奈何深情 …………… *163*

落落大方的宋，本色当行的词 …………… *187*

世人皆以东坡为仙 …………… *215*

心中极多想不开 …………… *247*

肝肠似火　色貌如花 …………… *271*

杜甫埋伏在中年等我

(代序)

上苍厚我,从初中开始,听父亲在日常聊古诗,后来渐渐和他一起谈论,这样的好时光有二十多年。

父女两人看法一致的很多,比如都特别推崇王维、李后主,特别佩服苏东坡;也很欣赏三曹、辛弃疾;也都特别喜欢"孤篇横绝"的《春江花月夜》……也有一些是同中有异,比如刘禹锡和柳宗元,我们都喜欢,但是我更喜欢刘禹锡,父亲更喜欢柳宗元;同样的,小李和小杜,我都狂热地喜欢过,最终绝对地偏向了李商隐,而父亲始终觉得他们两个都好,不太认同我对李商隐的几乎至高无上的推崇。

最大的差异是对杜甫的看法。父亲觉得老杜是诗圣，唐诗巅峰，毋庸置疑。而当年的我，作为八十年代读中文系、满心是蔷薇色梦幻的少女，怎么会早早喜欢杜甫呢？

父亲对此流露出轻微的面对"无知妇孺"的表情，但从不说服，更不以家长权威压服，而是自顾自享受他作为"杜粉"的快乐。他们那一代，许多人的人生楷模都是诸葛亮，所以父亲时常来一句"诸葛大名垂宇宙""万古云霄一羽毛"，或者"三顾频烦天下计，两朝开济老臣心"，然后由衷地赞叹："写得是好。"

他读书读到击节处，会来一句："语不惊人死不休！"——这是杜诗；看报读刊，难免遇到常识学理俱无还耍无赖的，他会怒极反笑，来一句："尔曹身与名俱灭，不废江河万古流。"——这也是杜诗；看电视里不论哪国的天灾人祸，他会叹一声："眼枯即见骨，天地终无情！"——这还是杜诗；而收到朋友的新书，他有时候读完了会等不得写信而给作者打电话，如果他的评价是以杜甫的一句"庾信文章老更成"开头，那么说明他这次激动了，也说明这个电话通常会打一个小时以上。

父亲喜欢马，又喜欢徐悲鸿的马，看画册上徐悲鸿的马，有时会赞一句："一洗万古凡马空，是好。"——我知道"一洗万古凡马空"是杜甫《丹青引赠曹将军霸》中的一句，可是我总觉得老杜这样夸曹霸和父亲这样夸徐悲鸿，都有点夸张。我在心里嘀咕：人家老杜是诗人，他有权夸张，那是人家的专业需要，你是学者，夸张就不太好了吧！

有时对着另一幅徐悲鸿，他又说："所向无空阔，真堪托死生。着实好。""所向无空阔，真堪托死生"——杜甫《房兵曹胡马》中的这两句，极其传神而人马不分，感情深挚，倒是令我心服口服。我也特别喜欢马，但不喜欢徐悲鸿的画，觉得他画得"破破烂烂的"（我曾当着爸爸的面这样说过一次，马上被他"逐出"书房），而人家杜甫的诗虽然也色调深暗，但是写得工整精丽，我因此曾经腹诽父亲褒贬不当；后来听多了他的以杜赞徐，又想：他这"着实好"，到底是在赞谁？好像还是赞杜甫更多。

父亲有时没来由就说起杜甫来，用的是他表示极其赞叹时专用的"天下竟有这等事，你来评评这个理"的语气——"你说说看，都已经'一舞剑器动四方'了，他居然还要'天地为之久低昂'。"我说："嗯，是不错。"父亲没有介意我有些敷衍的态度，或者说他根本无视我这个唯一听众的反应，他右手平伸，食指和中指并拢，在空中用力地比画了几个"之"，也不知是在体会公孙氏舞剑的感觉还是杜甫挥毫的气势。然后，我的父亲摇头叹息了："他居然还要'天地为之久低昂'！着实好！"我暗暗想：这就叫"心折"了吧。

晚餐后父亲常常独自在书房里喝酒，喝了酒，带着酒意在厅里踱步，有时候踱着步，就念起诗来了。《琵琶行》《长恨歌》父亲背得很顺畅，但是不常念——他总是说白居易"写得太多，太随便"，所以大约不愿给白居易太大面子。如果是"春江潮水连海平"，父亲背不太顺，有时会漏掉两句，有时会磕磕绊绊，我便在自己房间偷偷翻书看，发现他的"事故多发地段"多半是在"可怜楼上月徘徊，应照离人妆镜台。玉户帘中卷不去，捣衣砧上拂还来。此时相望不相闻，愿逐月华流照君……"这一带。（奇怪的是，后来我自己背诵《春江花月夜》也是在这一带磕磕绊绊。）若是杜甫，父亲就都"有始有终"了，最常听到的是"车辚辚，马萧萧，行人弓箭各在腰。爷娘妻子走相送，尘埃不见咸阳桥。牵衣顿足拦道哭，哭声直上干云霄。……"他总是把"哭"念成"阔"的音。有时候夜深了，我不得不打断他的"牵衣顿足拦道'阔'"，说："妈妈睡了，你和杜甫都轻一点。"

有一次，听到他在书房里打电话，居然大声说："这篇文章，老杜看过了，他认为——"我闻言大惊：什么？

杜甫看过了？他们居然能请到杜甫审读文章？！这一惊非同小可。却原来此老杜非彼老杜，而是父亲那些年研究的当代作家杜鹏程，长篇小说《保卫延安》的作者。有一些父亲的学生和读者，后来议论过父亲花了那么多时间和心血研究杜鹏程是否值得，我也曾经问过父亲对当初的选择时过境迁后作何感想，父亲的回答大致是：一个时代的作品还是要放在那个时代去看它的价值。杜鹏程是个部队里出来的知识分子，他一直在思考时代和自我反思，他这个人很正派很真诚。

有一天，我突发奇想，有了一个"大胆假设"：杜甫是"老杜"，杜鹏程也是"老杜"，父亲选择研究杜鹏程，有没有一点多年酷爱杜甫的"移情作用"呢？说不定哦！

"庾信平生最萧瑟，暮年诗赋动江关"，怎奈去日苦多，人生苦短。"儒术于我何有哉，孔丘盗跖俱尘埃"，可叹智者死去，与愚者无异。十年前，父亲去世，我真正懂得"莫自使眼枯，收汝泪纵横。眼枯即见骨，天地终无情"这几句的含义。可是我宁可不懂，永远都不懂。

父亲是如此地喜欢杜诗，于是，安葬他的时候，我和妹妹将那本他大学时代用省下来的伙食费买的、又黄又脆的《杜甫诗选》一页一页撕下来，仔仔细细地烧了给他。

不过这时，我已经喜欢杜甫了。少年时不喜欢他，那是我涉世太浅，也是我与这位大诗人的缘分还没有到。缘分的事情是急不来的，——又急什么呢？

改变来得非常彻底而轻捷。那是到了三十多岁，有一天我无意中重读了杜甫的《赠卫八处士》：

> 人生不相见，动如参与商。
> 今夕复何夕，共此灯烛光。
> 少壮能几时？鬓发各已苍！
> 访旧半为鬼，惊呼热中肠。
> 焉知二十载，重上君子堂。
> 昔别君未婚，儿女忽成行。
> 怡然敬父执，问我来何方。
> 问答乃未已，驱儿罗酒浆。
> 夜雨剪春韭，新炊间黄粱。
> 主称会面难，一举累十觞。
> 十觞亦不醉，感子故意长。
> 明日隔山岳，世事两茫茫。

这不是杜甫，简直就是我自己，亲历了那五味杂陈的一幕——二十年不见的老朋友蓦然相见，不免感慨：你说人这一辈子，怎么动不动就像参星和商星那样不得相见呢？今天是什么日子啊，能让同一片灯烛光照着！可都不年轻喽，彼此都白了头发。再叙起老朋友，竟然死了一半，不由得失声惊呼心里火烧似的难受；没想到二十年了，我们还能活着在这里见面。再想起分别以来的变化有多大啊，当年你还没结婚呢，如今都儿女成行了。这些孩子又懂事又可爱，对父亲的朋友这么亲切有礼，围着我问从哪儿来。你打断了我和孩子的问答，催孩子们去备酒。你准备吃的自然是倾其所有，冒着夜雨剪来的春韭肥嫩鲜香，还有刚煮出来的掺了黄粱米的饭格外可口。你说见一面实在不容易，自己先喝，而且一喝就是好多杯。多少杯也仍然不醉，这就是故人之情啊！今晚就好好共饮吧，明天就要再分别，世事难料，命运如何，便两不相知了。

　　这样的诗，杜甫只管如话家常一般写出来，我却有如冰炭置肠，倒海翻江。

　　就在那个秋天的黄昏，读完这首诗，我流下了眼泪，我甚至没有觉得我心酸我感慨，眼泪就流下来了。奇怪，我从未为无数次击节的李白、王维流过眼泪，却在那一天，独自为杜甫流下了眼泪。却原来，杜甫的诗不动声色地埋伏在中年里等我，等我风尘仆仆地进入中年，等我懂得了人世的冷和暖，来到那一天。

我在心里对梁启超点头：您说得对，杜甫确实是"情圣"！我更对父亲由衷地点头：你说得对，老杜"着实好"！

那一瞬间，一定要用语言表达，大概只能是"心会"二字。

也许父亲会啼笑皆非吧？总是这样，父母对儿女多年施加影响却无效的一件事，时间不动声色、轻而易举就做到了。

此刻的我，突然担心：父亲在世的时候，已经知道我也喜欢杜甫了吗？我品读古诗词的随笔集《看诗不分明》在三联书店出版，已经是2011年，父亲离开快五年了。赶紧去翻保存剪报的文件夹，看到了自己第一次赞美杜甫的短文，是2004年发表的，那么，父亲是知道了的——知道在杜甫这个问题上，我也终于和他一致了。真是太好了。

岁月匆匆，父亲离开已经十年。童年时他送我的唐诗书签也已不知去向。幸亏有这些真心喜欢的古诗词，依然陪着我。它们就像一颗颗和田玉籽料，在岁月的逝波中沉积下来，并且因为水流的冲刷而越发光洁莹润，令人爱不释手。

未有情深而语不佳者

『情之至者文亦至。』『未有情深而语不佳者。』可以反过来说：那些文不至、语不佳的作品，有相当一部分就是因为情不至，情不深。那些不堪卒读的文字，大多数是因为感情不足。

总体而言，唐人比宋人感情丰富多了。唐诗之所以比宋诗高，就因为唐人多情。

未有情深而语不佳者

在顾随《苏辛词说》读到这样一段轶事：玄奘法师在西天时，看见一柄东土扇子，就生病了。另一个僧人听说了，赞叹道："好一个多情底和尚。"

见东土扇子而生病，如果玄奘在那时写诗，当是一首千古绝唱，不论是古风还是七律；如果他给长安故旧修书，也会是一封感人的书信。他什么都没有写，他用一场病来对内心的情感做了最好的抒发。他是一个诗人，一个艺术家。

至情之人就是这样,感情到了这步田地,还是克制住,该写也不写;现实中许多人却正相反,不该写,猛写。

读一些作品的感觉很奇怪。不能说作者写得不好,他(她)明明"是个会的",该单刀直入处便单刀直入,该平稳时平稳,该峰回路转处便峰回路转,掉书袋也不过分,甚至抒情的修辞也娴熟,结尾还可以体会到振聋发聩的努力或者余音绕梁的预设;至于内容,意思也说不出什么不对的,知识和逻辑好像也没有什么硬伤。但就是让人感到明显的失望和出于礼貌通常不可明言的厌倦。它们起初让我想起皮很厚而馅很小的包子,相声里所谓"一口咬不到馅,再一口咬到面"的那种;后来渐渐体会到,它们比那样的包子更乏味,更像大部分单位食堂的饭菜,保证无毒无害,但是从色、香、味都毫无吸引力,不可能满足什么口感,同时也显然提供不了优质蛋白质、维生素和矿物质。

我总是忍不住产生一个疑问：这个作者为什么要写呢？明明没有感情的内驱力。抒情者，必须有了"情"才"抒"，他是为了"抒"而做"有情"状。这不是写得好不好的问题，事实上，作者毫无感情的驱使和逼迫，他明明可以不写的，世界上也没有必要多这样一篇（一批）无瑕疵亦无价值的文字成品。

这种文字，虽然以发表来取得了一种"作品"的身份，但在文学艺术的国度，这个身份的合法性是可疑的。

顾随在《宋诗说略》中说："诗应为自己内心真正感生出来，虽与古人合亦无关。不然虽与古人不合亦非真诗。"既然诗有"真诗"与"非真诗"之分，散文也有"真散文"与"假散文"之别了。

对一些谈论写作技巧的文章有些疑惑。因为他们不关心水源和水流量，而专谈如何挖水渠。如果一个作品不好，他们总是质疑水渠挖得不对、不好，而不看看水渠准备迎接的水流量是否充沛。经常是源头几乎干涸，水流细弱，流几步就蒸发了，谈技巧的人却还在专心教人挖水渠。即使细弱的水流按照既定的水渠流了过去，是"真诗"、"真散文"吗？

不要说大江大河，许多小溪，都能在"万山不许"的情况下曲折奔出。水到哪里，哪里就是水的路径，"如万斛泉源，不择地皆可出。在平地，滔滔汩汩，虽一日千里无难。及其与山石曲折，随物赋形，而不可知也。所可知者，常行于所当行，常止于不可不止"（苏轼语），那才是真诗，真文章，真文学。

杜甫《梦李白二首》，担忧李白处境，浩浩渺渺，一片悲凉，令人"同声一哭"（清·浦起龙语）。更留下"故人入我梦，明我长相忆"，"水深波浪阔，无使蛟龙得"，"冠盖满京华，斯人独憔悴"，"千秋万岁名，寂寞身后事"诸名句。清《唐宋诗醇》评这两首说："情之至者文亦至。"

"情之至者文亦至。"此语真响亮，而且说得大。

有人还进了一步，说得更绝对——清代陈祚明评潘岳《悼亡诗》曰:"夫诗以道情,未有情深而语不佳者。"(《采菽堂古诗选》卷十一)潘岳,西晋时期文人,他的另一个名字可能更加为人所知:潘安。"掷果潘安"、"貌若潘安"的那个美男子。他的风评似乎和他的颜值不相称,但绝不是因为恃帅负心或恃才花心——他和妻子杨氏感情很好,琴瑟相和二十多年。妻子去世后一再写诗作赋悲悼怀念,开了悼亡诗的先河。

《悼亡诗》共有三首,其一曰:

荏苒冬春谢,寒暑忽流易。

之子归穷泉,重壤永幽隔。

私怀谁克从,淹留亦何益。

僶俛恭朝命,回心反初役。

望庐思其人,入室想所历。

帏屏无仿佛,翰墨有余迹。

流芳未及歇,遗挂犹在壁。

怅恍如或存，回惶忡惊惕。

如彼翰林鸟，双栖一朝只。

如彼游川鱼，比目中路析。

春风缘隟来，晨溜承檐滴。

寝息何时忘，沉忧日盈积。

庶几有时衰，庄缶犹可击。

那种悲伤，无奈，恍惚，无助，哀痛，绵绵不绝地写来，非常真实，深情倾注，因此也打动了无数人。"悼亡"本来是悼念故去的人的意思，并不特指悼亡妻，但由于潘岳《悼亡诗》三首是悼念亡妻的，影响又大，从此以后，"悼亡诗"就专指悼念亡妻的诗篇，"悼亡"二字不再包含悼念其他逝者的涵义了。在文学史上，潘安无意中通过"特定"了"悼亡"的内涵，为妻子献上了一个永不凋谢的花冠。

"未有情深而语不佳者"，看似偏激，其实有理。

有情，就是水已经天然在，不需要等待"天落水"甚至祈雨；情深，则水量丰沛。况且人还往往因各种原因而忍耐克制，或者一时之间无力诉说无法表达，则感情成了水库，但"心中藏之，何日忘之"，水位越积越高，有朝一日终于开闸或者堤坝溃决，丰沛的感情之水从高处奔涌而下，还需要什么水渠呢？这种表达是生命的必须，泣血一声便是天下同哭，无语凝咽足令四海凄凉，何曾需要借助技巧的经营和修辞的力量？

情深，则流畅是澎湃，冷涩是沉郁，凌乱是顿挫，半含半露成了若悲若讽，戛然而止自有无限余味。情深，则表达就不成问题。

"情之至者文亦至。""未有情深而语不佳者。"可以反过来说：那些文不至、语不佳的作品，有相当一部分就是因为情不至，情不深。那些不堪卒读的文字，大多数是因为感情不足。感情不足，本不该写，他偏偏假装有情，偏偏写，难道以为可以骗得过读者？

顾随讲课，花雨纷纷，但他有一节说到老杜锤炼而能令人感动，山谷（黄庭坚）、诚斋（杨万里）则不动人，"盖其出发点即理智，乃压下感情写的"，叶嘉莹当场在听课笔记上写下不同意见："莹认为是感情根本不足。"（看到《中国古典诗词感发》138页下端的这一行小字注解，是我最佩服叶嘉莹的一刻。弟子真心敬爱老师，追随老师，而并不匍匐在地，仍然保留自己的独立思考，好。对顾随那样的老师，哪怕只"顶撞"这一句，"顶撞"得对，便是一流好弟子。）

许多作品之所以不成功，不感人，恰恰病在"无情"。玄奘是一位高僧，偏偏多情如此；红尘中的写作者，应该"情之所钟，正在吾辈"，却灵府枯贫、感情不足。没话找话，写出来肯定没有生命力；自己都不动情，写了，也不会感人。和技巧无关，也无法修改、打磨，问题出在叶嘉莹所说的：感情根本不足。

顾随在《太白古体诗散论》中比较了李白与杜甫。举了李白的这首诗为例——《经下邳圯桥怀张子房》：

子房未虎啸，破产不为家。

沧海得壮士，椎秦博浪沙。

报韩虽不成，天地皆振动。

潜匿游下邳，岂曰非智勇？

我来圯桥上，怀古钦英风。

唯见碧流水，曾无黄石公。

叹息此人去，萧条徐泗空。

"'天地皆振动'，读之不令人感动。若老杜之'观者如山色沮丧，天地为之久低昂'（《观公孙大娘弟子舞剑器行》），字字如生铁铸成，而用字无生字，句法亦然，小学生皆可懂，而意味无穷，似天地真动。李则似无干。李白才高，惜其思想不深。哲人不能无思想，而诗人无思想尚无关，第一须情感真切，太白则情感不真切。老杜不论说什么，都是真能进去，李之'天地皆振动'并未觉天地真动，不过为凑韵而已。必自己真能感动，言之方可动人。写张子房必写其别人说不出的张子房之精神始可。李白'岂曰非智勇'，若此等句谁不能说？"

李白经过了下邳圯桥，想起了西汉开国的谋臣张良，显然感情上没有什么波澜，但作为大诗人到了这么一个强烈提示写怀古诗的地方，少不得来一首，反正也容易，那就来一首吧。顾随说此诗"叙事而未能诗化"，因为没有动感情。而杜甫，欣赏公孙大娘弟子剑器舞，回忆起了自己童年看过公孙大娘的舞蹈，"昔有佳人公孙氏，一舞剑器动四方"，这开头十分俊俏，啪的一声，一个特写镜头，一个身着戎装、英气逼人的美貌女子，手持剑器浑脱，刚健飒爽的舞姿一起，天哪，好得没法说了。但杜甫说了——"动四方"。写公孙大娘剑器舞的魅力，"动四方"，必得这三个字，只能这三个字。老杜，果然是你，不愧是你。

为什么能这么完美？因为"动"的，首先是诗人的心，然后，才是四方，才是天地，再然后，才是我们这些后世的读者。杜甫自己被震撼了，被感动了，被照亮了，所以随手一写，自然有力有情，读之想不被感动都不成。而且还愿意重读，生怕错过了什么。绝不会像对李白这首，他随便一写，我们随便一读，彼此以敷衍对敷衍。

传说李白到黄鹤楼，本来想题诗，但看到崔颢的《黄鹤楼》，留下"眼前有景道不得，崔颢题诗在上头"而去。这种做派和诗的风格，都不像李白，大约真的"只是个传说"。不过如果诗人到了一个江山佳处或古迹名胜，却并不喜欢，甚至不相容，那么不假装感动地写，甚至不写，绝对是一个正确的选择，正不必管有没有"崔颢题诗在上头"。

自己不感动，自己没感觉，就不应该硬写，也不应该敷衍地写。文学写作求真，是老生常谈，但真不真，并不是从白纸上落下第一个字开始，而是在此之前，决定写不写的时候。没感觉时不硬写，不动感情时不随便写，这是"真"的第一步。

说到这里，想起了一向爱读的汪曾祺。汪曾祺有篇散文叫《泰山片石》，里面这样写道：

> 我是写不了泰山的，因为泰山太大。我对泰山不能认同。我对一切伟大的东西总有点格格不入。我十年间两登泰山，可谓了不相干。泰山既不能进入我的内部，我也不能外化为泰山。山自山，我自我，不能达到物我同一，山即是我，我即是山。泰山是强者之山，我自以为这个提法很合适，我不是强者，不论是登山还是处世。我是生长在水边的人，一个平常的、平和的人。我已经过了七十岁，对于高山，只好仰止。我是个安于竹篱茅舍、小桥流水的人。以惯写小桥流水之笔而写高大雄奇之山，殆矣。人贵有自知之明，不要"小鸡吃绿豆——强努"。

……

但是,又一次登了泰山,看了秦刻石和无字碑(无字碑是一个了不起的杰作),在乱云密雾中坐下来,冷静地想想,我的心态比较透亮了。我承认泰山很雄伟,尽管我和它不能水乳交融,打成一片;承认伟大的人物确实是伟大的,尽管他们所做的许多事不近人情。他们是人里头的强者,这是毫无办法的事。在山上呆了七天,我对名山大川,伟大人物的偏激情绪有所平息。

同时我也更清楚地认识到我的微小,我的平常,更进一步安于微小,安于平常。

这是我在泰山受到的一次教育。

汪曾祺很诚实,而且自持,他对泰山,就是有点排斥,山与人差异太大,以至于不能相互融合,当然更谈不上感动。而且他由泰山想到了封禅,对秦皇汉武的封禅以及神神秘秘颇有微词,因此他对泰山的"格格不入"便有了文人脾气的底色。汪曾祺这篇本来可以不写,但是因为他对泰山是不认同的(这个不常见),真实,真切,于是就值得写了。这篇在汪氏散文里不算佳构,但因为感情真实,也不弱。

说回李白与杜甫,杜甫是个老实人,他活得认真,感情强烈而真挚;李白大多数时刻比较关注自己,活得飘飘荡荡的,有点像一直被太多的爱与关注宠坏了的人。李白当然也有真动感情的时候,比如"长相思,摧心肝",不论是写爱情,还是写政治理想,其感情都是强烈而真挚的。

总体而言,唐人比宋人感情丰富多了。唐诗之所以比宋诗高,就因为唐人多情。顾随认为"唐人情浓而感觉敏锐",宋人重观察而偏理智,"宋人作诗一味讲道理",但宋人写词便有感觉和感情,所以"大晏、欧阳修、苏东坡词皆好,如诗之盛唐"。这里顾随大概是随意说说的,因为漏掉了他极爱的辛弃疾。

顾随这样说辛弃疾:"稼轩最多情,什么都是真格的。"

胡适评辛弃疾:"才气纵横,见解超脱,情感浓挚。无论长调小令,都是他的人格的涌现。"(《词选》)才气是天赋,人不可强;见识与天赋、时代、阅历、交游、读书等有关,半可求半不可求;唯有"情感浓挚"一事,可以着力几分。但能着力多少,也不好说。

"玄奘法师在西天时,见一东土扇子而生病。又有一僧闻之,赞叹道:'好一个多情底和尚。'病得好,赞叹得亦是。假如不能为此一扇而病,亦便不能为一藏经发愿上西天也。"(顾随《苏辛词说》)玄奘见东土扇子,所带来的感情冲击,居然让他生病,那柄扇子,足以和普鲁斯特的"马德莱娜小点心"相媲美。玄奘和那个为他发出赞叹的僧人,他们的感情多么强烈多么美。这种细致精微的感觉,这种瞬间抵达无限广袤的联想,这种内心丰富的程度，这种感情的深度和烈度，真的是后天可以习得的吗？"多情"是一种天性，还是一种能力？或者是天赋和后天习得各有占比？这个问题，不论是从文艺学，还是从心理学，或从科学的角度，似乎都很难断然给出答案。

前些年，有些"老干体"的旧体诗被人讥讽，有人说：平仄不对。有人说：太粗豪，俗。有人说：用字不讲究。然则，也有些旧体诗，平仄皆合，遣词造句亦不粗不俚，但没有诗味，就算好诗了吗？有一路诗，一言以蔽之，曰：没意思。没有感情，自己都不感动，如何感动别人？或曰：我本不想感动别人。那么写了放在家里就好，发表出来给人添堵就不必了。这样的作品，在文学艺术的国度，其身份是不合法的，因为根本是伪的。

周止庵说："稼轩固是才大，然情至处，后人万不能及。"（周济《介存斋论词杂著》）这句话，评价辛弃疾说得极是，同时透露出一个重要的讯息：如果不是"情至"，仅仅"才大",也是无法写出不朽杰作的。大才,至情,才能带来"动四方"的作品。

真实感情的水源和流量,远远比水渠重要。没有水源,就不必挖水渠,先去找水。感情不足,等于枯水期,就读书,就静默,让文字和纸也歇歇吧。

(发表时原题为《"好一个多情底和尚"》)

行走在时间的旷野

天地无情,人生短暂,生老病死,无法抗拒,悲欢离合,转眼成空,面对时间,谁能不在某一个时刻被这种无处可逃的巨大伤感击中呢?怀古诗,其实是被击中的伤口上开出来的花。

行走在时间的旷野

"人事有代谢,往来成古今。"孟浩然的诗,这一句最有力。

这是《与诸子登岘山》开头的一句。大气。在孟浩然的笔下不常见。孟浩然的好处是一种淡素之美,一般人不会觉得他的诗和力量、气势有关系。但这一句除外。可见当时感触特别深,不写他特别擅长的景物,也不徐徐地抒情,直接就是突如其来的一个念头,或者说一声叹息，却好。因其慨然，又叹得大。

孟浩然这首诗是这样的：

> 人事有代谢，往来成古今。
> 江山留胜迹，我辈复登临。
> 水落鱼梁浅，天寒梦泽深。
> 羊公碑尚在，读罢泪沾襟。

这首诗伤感，但伤感得浩瀚。天地无情，人生短暂，生老病死，无法抗拒，悲欢离合，转眼成空，面对时间，谁能不在某一个时刻被这种无处可逃的巨大伤感击中呢？怀古诗，其实是被击中的伤口上开出来的花。

岘山又名岘首山，在湖北襄阳南。羊祜是西晋征南大将军，为晋灭吴的部署和准备颇有贡献，据《晋书·羊祜传》，羊祜镇荆襄时，常到此山置酒言咏。有一回，他对同游者喟然叹曰："自有宇宙，便有此山。由来贤达胜士，登此远望如我与卿者多矣，皆湮灭无闻，使人悲伤！"羊祜生前有仁德，襄阳百姓于岘山立庙建碑，其碑就是羊公碑。因百姓逢年过节祭拜时，望其碑者，莫不流泪，所以此碑又称"堕泪碑"。

第二联从古写到了今，然后写登临所见：因为是冬天，江水浅落而鱼梁洲更多地露出了水面，因为天寒，草木凋零，云梦泽更显得迷蒙幽深。萧瑟的冬日景色中包含了人在巨大时空中的孤单和伤怀。

最后说看了羊公碑，流下了眼泪。为什么？有专家认为是因为伤感，"四百多年前的羊祜，为国（指晋）效力，也为人民做了一些好事，是以名垂千古，与山俱传；想到自己至今仍为'布衣'，无所作为，死后难免湮没无闻，这和'尚在'的羊公碑，两相对比，令人伤感，因之，就不免'读罢泪沾襟'了。"（李景白语）总觉得似乎把孟浩然的复杂感受说得简单了一些，也有点太"及物"。羊公碑本来就有"堕泪碑"之别名，可见羊公事迹和人格魅力之感人。这样的"贤达胜士"也终归难免化作"此山"的一部分,羊公碑"尚在"而羊公早已不在,也是令人悲伤叹惋的。孟浩然来此凭吊,也是延续这个感情基调的。"泪沾襟"也可能是暗用了"堕泪"的典故。这是流泪的第一层原因。羊祜当时发出的慨叹,是有生命意识的人都会程度不同地体会到或者被苦恼的,就是生命短暂,一代代更替,无法避免无法挽留,还可能湮没无闻,在时间中如此短暂和不确定的人生,究竟是有意义的,还是归于虚无的?诗人孟浩然到了这里,不可能不想起羊祜之叹,不可能不对此有深切的感触,对四百多年前羊祜的伤感如此有共鸣,以至于都分不清是谁的伤感了。这是流泪的第二层原因。此外,想到自己眼看会成为羊祜所叹"湮没无闻"中的一个,"吊古"而格外"伤今",而至流泪,这也是可能的,如果是,这就是第三层原因。

为什么说他伤感得浩瀚?因为孟浩然是和无数前人一起伤感的,而且他知道同时代的无数天下人在共鸣自己的伤感，而且就在伤感的同时，他已经知道后世还将有无数人会共鸣。羊祜的伤感，羊祜同时代人的伤感，孟浩然的，孟浩然同时代人的伤感，后人的伤感，许多面心理的镜子，形成了无数次折射，循环往复，绵绵不绝。人作为渺小而脆弱的个体，无法与时间对抗，但是如此无数次折射，人的这种浩瀚的伤感，却超越了生命的长度，变得永恒了。

怀古诗，其实还可分几个小主题：第一种是慨叹时光无情，人生短暂，"纵有千年铁门槛，终需一个土馒头"，有时寄托生不如意，有志难伸的悲凉之感和抑塞之气。这种怀古诗很多，最有代表性的当数陈子昂的《登幽州台歌》。

第二种，慨叹世易时殊，物换星移，兴废更替。有的是单纯的感慨，有的也寄寓自己的心事。如崔颢《黄鹤楼》、李白《登金陵凤凰台》。

第三种是赞颂或同情某个历史人物。往往寄托自己的理想或暗含自己的境遇。比如杜甫写诸葛亮的《蜀相》

《八阵图》、《咏怀古迹五首·其五》，刘长卿的《长沙过贾谊宅》。

当然，怀古诗常常不止一个主题，比如陈子昂《登幽州台歌》和孟浩然《与诸子登岘山》，都兼具一、三两个主题。

第四种是感喟王朝兴衰、人世沧桑。也分"及物"和"不及物"两种，前者纯感慨，后者还会进一步，反思前人功过和兴亡原因，有的暗含现实的忧患意识和批判意识。如刘禹锡的《金陵五题》、《金陵怀古》等。

论怀古诗，必须说到刘禹锡。他的怀古诗，识见剀切，语多警绝。仅《金陵五题》，问世后就让白居易读了"掉头苦吟，叹赏良久"，而且指着其中《石头城》中"潮打空城寂寞回"句，说"吾知后之诗人不复措词矣！"白居易没有具体说激赏的理由，但李慈铭的看法大约给出了解释："二十八字中，有无限苍凉，无限沉着，古今兴废，形胜盛衰，皆已括尽，而绝不见感慨凭吊字面，真高作也。"（《越缦堂读书简端记·唐人万首绝句选》）

这二十八字是:"山围故国周遭在,潮打空城寂寞回。淮水东边旧时月,夜深还过女墙来。"

五题的另一首《乌衣巷》,也是传诵人口的杰作:"朱雀桥边野草花,乌衣巷口夕阳斜。旧时王谢堂前燕,飞入寻常百姓家。"

其《金陵怀古》也特有奇气、字字精神:"潮满冶城渚,日斜征虏亭。蔡洲新草绿,幕府旧烟青。兴废由人事,山川空地形。《后庭花》一曲,幽怨不堪听。"

"兴废由人事,山川空地形",十字真是字字立于纸上。这是名句,也是刘禹锡怀古诗中蕴含的主题,它道出了一个至理:国家兴亡,取决于人事,如果统治者昏聩腐朽,地形再险要都无济于事。结尾则暗讽唐代统治者并未吸取历史教训,自以为关中百二山河之险可以依仗,沉溺在享乐之中,连亡国之音《玉树后庭花》都还在流行,借古讽今,意味无穷。前人赞叹:"才识俱空千古。"

确实,刘禹锡的怀古诗,在见识上是超过唐代绝大多数诗人的,包括杜甫。杜甫对诸葛亮是作为理想人格的化身来无条件推崇的。《咏怀古迹五首·其五》诗云:"诸葛大名垂宇宙,宗臣遗像肃清高。三分割据纡筹策,万古云霄一羽毛。伯仲之间见伊吕,指挥若定失萧曹。运移汉祚终难复,志决身歼军务劳。"最后两句是败笔,简直抵消了"万古云霄一羽毛"一半的好。

来看刘禹锡如何写同一个题材:

天地英雄气,千秋尚凛然。
势分三足鼎,业复五铢钱。
得相能开国,生儿不象贤。
凄凉蜀故妓,来舞魏宫前。(《蜀先主庙》)

"得相能开国,生儿不象贤"十个字说尽了刘备一生的功过得失:能三顾茅庐得到诸葛亮这样的贤相帮他建立蜀汉政权,可惜嗣子不肖,刘禅全然不能效法父亲的德

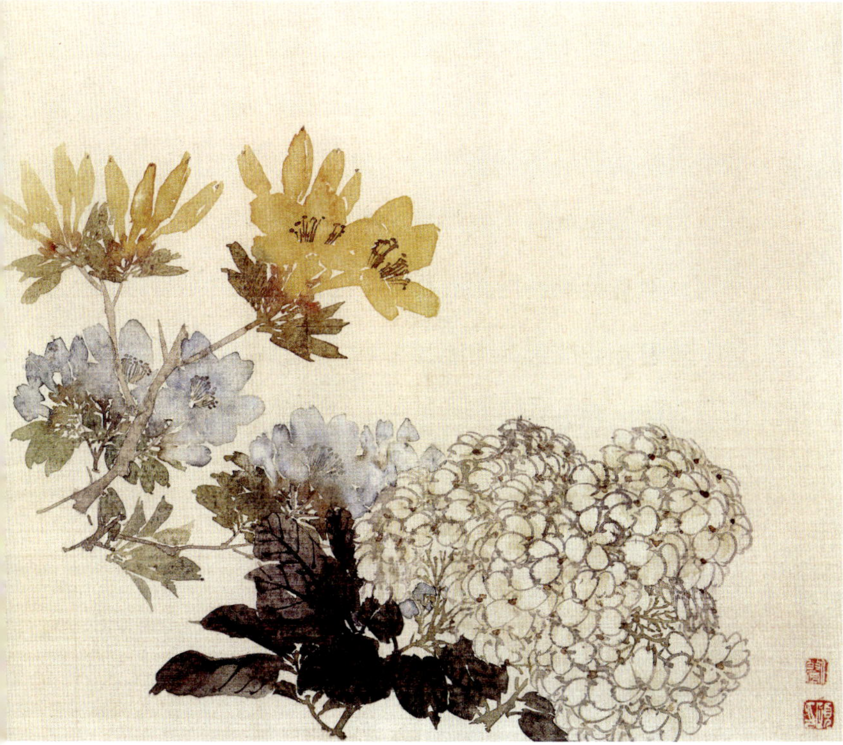

行。结果呢？只落得蜀国原来的妓乐们，在魏宫的宴席上歌舞。这一舞，蜀之亡国便无须明言了。"凄凉"二字涵义自深，蜀亡令人感到凄凉，同时面对国势衰颓而当权者仍不知重视人才的现实，诗人更感到无尽凄凉。再一层，刘备英雄一世，诸葛亮神机妙算、鞠躬尽瘁地辅佐，转眼基业被庸碌无能、全无心肝之辈断送，而后人未必能吸取其中教训，盛衰转眼，兴亡无情，思之能不令天下人感到凄凉？

刘禹锡等于在说：人才决定兴亡成败，得人者昌，失人者亡。相形之下，杜甫的"出师未捷身先死"，将蜀国失败的原因归结于诸葛亮不幸早逝，而"运移汉祚终难复"将原因又归之于国运使然——汉祚气数已尽，诸葛亮也无力回天，为尊者讳复为贤者讳，没有触及失败的真正原因，更没有揭示历史规律的洞见。

杜甫这位仁厚君子，用情深挚，但始终不脱一个臣子的角度，"运移汉祚终难复，志决身歼军务劳"，快不成诗了，思想上的局限影响了艺术的完成度；而刘禹锡，他是审视的，眼光是洞穿历史和现实的，他相对超然，所以他的见识一点不曾拖累了才华。

刘禹锡的怀古诗，《西塞山怀古》最臻神妙："王濬楼船下益州，金陵王气黯然收。千寻铁锁沉江底，一片降幡出石头。人世几回伤往事，山形依旧枕寒流。今逢四海为家日，故垒萧萧芦荻秋。"

借西晋灭东吴事，兼及六朝衰亡，证明山川之险、防御之固都不足恃，人事昏庸必定导致覆灭，可叹此后几代统治者也未警醒，以至于历史一次次重演，六朝均国祚很短而相继灭亡。如今终于天下统一了，旧日堡垒都残破于秋风芦荻之中——及时总结历史经验也好，不铭记败亡教训也罢，兴衰成败都是人的事情，大自然是永恒的。

"随手插得'几回'二字，便见此后兴亡，亦不止孙皓一番，直将六朝纷纷，曾不足当其一叹也。"（金圣叹《贯华堂选批唐才子诗》）"六朝纷纷"，"不足当其一叹"，在其他唐诗中，似乎都不曾领略到这样的力量和魅力，因此如果有人将刘禹锡这首列为唐代怀古诗之冠，我会欣然赞同的。

晚唐杜牧也写了不少怀古诗，如《赤壁》《泊秦淮》《金谷园》等，流丽跌宕，别具情致。杜牧有一首不如这几首著名的《登乐游原》："长空澹澹孤鸟没，万古销沉向此中。看取汉家何事业，五陵无树起秋风。"万古人事和孤鸟一样，都没于澹澹长空，多少事业、皇家贵胄，到如今坟上连树都没有，只有秋风回旋在一片空旷之中。顾随特别看重这首："其所写之悲哀，系为全人类说话。""'长空澹澹孤鸟没，万古销沉向此中'二句，真包括宇宙，经古来今，上天下地，是普遍的、共同的，写全人类之事，自己自在其内。"

我觉得这几句话说得极好，但杜牧未必完全受得起，另一首诗才十足当得起："前不见古人，后不见来者，念天地之悠悠，独怆然而涕下。"（陈子昂《登幽州台歌》）

顾随说怀古而"自己自在其内",到了宋代,苏轼就是如此。苏轼在原本"杨柳岸,晓风残月"之外,为词开辟了广阔的天地,使宋词的疆界和调子发生了很大变化——"词至东坡,倾荡磊落,如诗如文,如天地奇观。"(刘辰翁《辛稼轩词序》)所谓"如诗如文",就是不再将词当成酒余宴后的"小道""余事",而将之和诗文一样,当成了可以抒情言志的文学样式。于是,他写下了豪纵清旷的《念奴娇·赤壁怀古》,发出了"词坛"从未有过的硬核之声,这阕词也成了他的代表作之一。

"东坡赤壁词殆戏以周郎自况也。词才百余字,而江山人物无复余蕴,宜其为乐府绝唱。"(元好问《题闲闲书赤壁赋后》)

"题是怀古,意谓自己消磨壮心殆尽也。开口'大江东去'二句,叹浪淘人物,是自己与周郎俱在内也。'故垒'句至次阕'灰飞烟灭'句,俱就赤壁写周郎之事。'故国'三句,是就周郎折到自己。'人生似梦'二句,总结以应起二句。总而言之，题是赤壁，心实为己而发。周郎是宾，自己是主。借宾定主，寓主于宾。是主是宾，离奇变幻，细思方得其主意处。不可但诵其词，而不知其命意所在也。"（黄苏《蓼园词选》）

这两人说到了同一层意思：苏轼写周郎，其实是写自己。黄苏认为"浪淘尽、千古风流人物"，苏轼叹的是周郎，也是叹壮心正盛、意气风发的自己，不能说没有道理，但如果故意曲解一下其意，好像更有意思——"自己与周郎俱在内"，确是苏轼高处：一是里面有一个"我"在，"自己自在其内"，二是这个"我"，绝非等闲的、普通的"我"，而是和雄姿英发的周郎一样的，必将青史留名的、大写的"我"。

如果说刘禹锡的怀古诗有"我"在，表现为对历史上的贤者、大人物并不总是仰视，而是敢于平视、审视；那么到苏轼，就彻底和英雄豪杰平起平坐了，可见这个"我"有多大。这首词的风格，有人说豪放，有人说看破，有人说悲凉,有人说旷达,但无论是哪一种或者兼而有之,都出自一个很有气概、襟怀疏旷的大"我",则是无疑的。

大哉东坡,怀古时自然是"自己与周郎俱在内"。而到了辛弃疾,他的怀古,一上来就是"我"字——"我来吊古,上危楼赢得、闲愁千斛。虎踞龙蟠何处是,只有兴亡满目。柳外斜阳,水边归鸟,陇上吹乔木。片帆西去,一声谁喷霜竹。 却忆安石风流,东山岁晚,泪落哀筝曲。儿辈功名都付与,长日惟消棋局。宝镜难寻,碧云将暮,谁劝杯中绿。江头风怒,朝来波浪翻屋。"(《念奴娇·登建康赏心亭呈史留守致道》)"却忆安石风流"五句,用谢安(安石)典故,抒发自己壮志难伸的忿闷、悲凉和无奈。

辛弃疾其人,是主体意识最强的。"我来吊古",这个"我"是一上来就确立了的。他和苏东坡都很伟大,但不一样,苏轼是文人,"西北望,射天狼"是"聊发少年狂",他的本色是风雅太守、旷达之士,而辛弃疾是真正的大英雄,是行动派,是力量、谋略、胆识都远超众人的统帅之才，对他来说，爱国从来不是情绪，而是使命。抗击金兵、收复中原，天下大事，"舍我其谁也"。可惜辛弃疾生错了时代，一生三仕三罢，先后乡居近二十年，不能付诸行动的一腔热望化作"栏干拍遍"的孤愤，无处施展的雄才大略煎熬出了揾不尽的"英雄泪"：

永遇乐·京口北固亭怀古

千古江山，英雄无觅，孙仲谋处。舞榭歌台，风流总被，雨打风吹去。斜阳草树，寻常巷陌，人道寄奴曾住。想当年，金戈铁马，气吞万里如虎。　元嘉草草，封狼居胥，赢得仓皇北顾。四十三年，望中犹记，烽火扬州路。可堪回首，佛狸祠下，一片神鸦社鼓。凭谁问：廉颇老矣，尚能饭否。

南乡子·登京口北固亭有怀

何处望神州？满眼风光北固楼。千古兴亡多少事？

悠悠，不尽长江滚滚流。年少万兜鍪，坐断东南战未休。天下英雄谁敌手？曹刘。生子当如孙仲谋。

水龙吟·登建康赏心亭

楚天千里清秋，水随天去秋无际。遥岑远目，献愁供恨，玉簪螺髻。落日楼头，断鸿声里，江南游子。把吴钩看了，栏干拍遍，无人会，登临意。休说鲈鱼堪脍，尽西风，季鹰归未？求田问舍，怕应羞见，刘郎才气。可惜流年，忧愁风雨，树犹如此！倩何人唤取，红巾翠袖，揾英雄泪？

岂止是"自己在其内"？辛弃疾的英雄意志和自我意识如巍峨山峰，撑天拄地，如万丈飞瀑，蔚为奇观。自然是借古讽今，满满的都是高烈度的"讽今"，"今"固然没有看得上的，"古"也被"借"得不由分说，不要说仰望，简直是说到谁都是看得起你，他不需要周郎做伴，孙权、曹操、刘备都被他随意调遣，杜甫等人所膜拜的诸葛亮，辛弃疾是多次拿来自比的。这个"我"之大，个性色彩之浓烈，生命光芒之强炽，确实是无人能比、独一无二的。

这样的生命，他的诗篇本应该写在山河之间、苍穹之上的。所以当他写在了纸上，哪里是作词？哪里是怀古？他打通了古和南宋的"今"，也打通了南宋和后世的"今"。对辛弃疾而言，不再是"自己与周郎俱在内"，没有一首词容纳得了他。天地之间，时间的旷野上，一个"旌旗拥万夫"的"经纶手"，一个"男儿到死心如铁"的大英雄，一条真正的硬汉，在慷慨悲凉又不可一世地走着。至今还在走。

只要人们还读宋词，还知道有一个朝代叫南宋，他就还在走着。

（发表时原题为《"万古销沉"与"我来吊古"》）

生命意识与无名哀愁

轻愁与闲愁,有着烟水云雾的飘忽和飞花回雪的轻盈,极富美感。

这样的愁绪和愁意并不来自具体的一个原因、一件事,而是来自生命本身。『深知身在情长在』,人生的局限、生命的缺憾永在,心中的愁也必定长存。

生命意识与无名哀愁

家里挂着一幅文瑜兄的画。墨色写意的山，一叶小舟在水上，舟上一个蓑衣船夫，一个红袍乘客，题诗是："白首重来一梦中，青山不改旧时容。乌啼月落桥边寺，倚枕犹听半夜钟。"我查了一下，是宋代孙觌的《枫桥》。最后一句的"听"，大多数版本作"闻"。

最后两句显然来自张继的《枫桥夜泊》。

月落乌啼霜满天,

江枫渔火对愁眠。

姑苏城外寒山寺,

夜半钟声到客船。

曾独自在寒山寺门口,细细读了这首诗,在那个"唐诗现场",真切地感到这首诗真是怎么都读不厌。但同时,心里再次翻起了一个迷团:"愁眠"的"愁",到底能不能当真? 真的是通常意义上的"愁"吗? 若真的有"愁",所"愁"的是什么?

我看到的解释,自古大多是把这个"愁"字当真的。"愁"什么?

大部分人认为是羁旅之愁,荒凉寥寂,甚至苍凉欲绝。"目未交睫而斋钟声遽至,则客夜恨怀,何假明言?"(明·周敬语,见《唐诗选脉会通评林》)"全篇诗意自'愁眠'上起,妙在不说出。"(清·沈子来《唐诗三集合编》)"愁人自不能寐,却咎晓钟,诗人语妙,往往乃尔。"(清·何焯《唐三体诗评》)"'对愁眠'三字为全章关目。明逗一'愁'字,虚写竟夕光景,转辗反侧之意自见。"(清·王谦《碛砂唐诗》)"尘市喧阗之处,只闻钟声,荒凉寥寂可知。"(清·沈德潜《唐诗别裁》)"此诗苍凉欲绝,或多辨夜半钟声有无,亦太拘矣。且释家名幽宾钟者,尝彻夜鸣之。如于鹄'遥听缑山半夜钟',温庭筠'无复松窗半夜钟'之类,不止此也。"(清·张南邨语,见《唐风怀》)"此诗所写枫桥泊舟一夜之景,诗中除所见所闻外,只一'愁'字透露心情。半夜钟声,非有旅愁者未必便能听到。后人纷纷辨夜半有无钟声,殊觉可笑。"(近代·刘永济《唐人绝句精华》)

当代的许多学人、作家也认为是"客舟孤苦","满怀愁绪",有人猜测"愁"的内容是科考不顺的失意,也有人推测是大时代由盛转衰后的离乱荒凉引起的愁苦。

虽然不能说这样的理解背离了张继原意,但是我总觉得解释得小了，实了，板了。

确实，张继明明白白写下了"愁"，而我总觉得这"愁"是不必当真也当不得真的，此诗情绪基调是清冷中的宁静——顾随说辛弃疾词"月到愁边白"时云："此所谓愁，岂梦如乱丝之焦心苦虑哉？静极生愁，静之极也"（《苏辛词话》），正可移来说张继此诗。主要是写"静极"。生出些许愁意，也是淡淡的。催生这首诗的，应该是一种清旷的自在，是出神、忘我甚至若有所悟的状态。

前人也有认为张继不"愁"的："写野景夜景，即不必作离乱荒凉解，亦妙。"（清·宋宗元《网师园唐诗笺》）

"作者不过夜行记事之诗，随手写来，得自然趣味。诗非不佳，然唐人七绝佳作如林，独此诗流传日本，几妇稚皆习诵之。诗之传与不传，亦有幸有不幸耶！"（近代·俞陛云《诗境浅说续编》）

评价都有道理，但是，仅仅是因为写野景夜景写得妙，或者"夜行记事，随手写来，得自然趣味"，这首诗就有如此魅力吗？难怪这样说的人，自己对这首诗的流传之广有几分想不通了。

也有与众不同的意见。如刘学锴认为，这首"意境清远的小诗"里所写到的一切"都和谐地统一于水乡秋夜的幽寂清冷氛围和羁旅者的孤孑清寥感受中"，"这里确有孤孑的旅人面对霜夜江枫渔火时萦绕的缕缕轻愁，但同时又隐含着对旅途幽美风物的新鲜感受"……这样，'夜半钟声'就不但衬托出了夜的静谧，而且揭示了夜的深永和清寥，而诗人卧听疏钟的种种难以言传的感受也就尽在不言中了。"（《唐诗鉴赏辞典》）

骆玉明认为——

> 张继到底是在哪一年、为什么原因，在一个夜晚泊舟在苏州城外的江面上呢？或许，他是为了自己的前程离开家乡在世路上奔波。人生总是有很多艰辛，除了对自己，没有人可以说。

一千二百多年前的这个夜晚,张继长夜无眠。世界是美好的,江南水乡的秋夜格外清幽,作为诗人,张继能够体会它。但世界也是难以理解的,你无法知道究竟是什么东西催逼着人不由自主地奔走不息,孤独地漂泊。这时候钟声响了,清晰地撞击着人的内心。深夜里,张继听到一种呼唤,他找到近乎完美的语言形式把这个夜晚感受到的一切保存下来。寒山寺的夜钟,从那一刻到永远,被无数人在心中体味。(《诗里特别有禅》)

骆先生暗示诗中包含了某种禅意,似乎是张继来到了一个顿悟或至少很有利于顿悟的时刻;刘先生则揭示了清冷中的幽美和孤寂中的愉悦,同时提到了一个重要的词:"轻愁"。

似乎越到晚近,对张继诗境的读解越倾向于宁静、发现和愉悦。这是为什么?

也许是因为现代都市的兴起和发达吧。正如葡萄牙诗人、作家费尔南多·佩索阿在《不安之书》中所写到的那样：都市人之所以对郊野夜晚的宁静"满含渴望"，是因为平时总是处于"那些高楼大厦和狭窄的街道之间"。"在这片旷野里，无论我享受着什么，我享受是因为我并不在这里生活。从未被约束过的人不知道什么是自由。"

都市文明越发达，人们越向往自然的宁静和空旷，于是《枫桥夜泊》那样的孤舟静夜渐渐变得越来越美好而珍贵，对孤独倾听夜半钟声的际遇的感情砝码，也渐渐从"同情"的那一边，移到了另一边：珍视与羡慕。

张继的原意属于张继，我的阅读感受属于我。我觉得《枫桥夜泊》的情感基调，不是通常意义的"愁"——不是客舟孤苦，不是离乱荒凉。它是一种宁静，彻底的宁静。似乎天地间只有这一叶孤舟，这一个人；这个人面对这样无边无际的清寥幽美，他无法入睡，好像想了很多,又好像什么都没有想,渐渐地,他"忘我"了,这个人不见了,似乎天地间是只有江枫、渔火和黑暗中的流水了。这时,震撼心灵的钟声响起来了,似乎是茫然人生中的一个棒喝,这个人从"出神"中醒来,于是"我"重新出现了,觉得这个时刻有无穷意味,于是记取下来。

这首诗,写的是一个人在一个秋夜里,无意中发现一个"天地有大美而不言"的清幽境界,受到一种偶然而略带神秘的启示,产生了一种若有所悟又难以言传的感觉。甚至,这个人有透彻顿悟,但又归于"欲辩已忘言"的物我两忘之境。

愁,纵然有,也是轻愁。它不是因为世俗世界上的某个具体事由(或刺激)而生出的那种具体的、扎实的愁,而是和现实世界、日常生活相对有距离的一种愁绪和愁意,是在人相对安静、松弛、闲适的情况下才会浮现的,往往是和某种深刻的审美体验交融在一起的,是超

山陰任氏伯年

越功利得失和日常生活层面的心灵体验，是艺术的愁意，诗性的愁意。因此，又叫闲愁。

在愁的程度上，轻愁、闲愁是最弱的，只在第一级台阶上。"伤高怀远几时穷？无物似情浓"，是第二级；"莫道不消魂，帘卷西风，人比黄花瘦"，愁一些了，第三级；"暝色入高楼，有人楼上愁"，"满目山河空念远，落花风雨更伤春"，又更愁一些，第四级；"一寸相思千万缕，人间没个安排处"，"相思休问定何如，情知春去后，管得落花无？"是悲愁了，第五级；"此去经年，应是良辰好景虚设"，"东风恶，欢情薄，一怀愁绪，几年离索"，心碎了，对人生局部无望，第六级；"物是人非事事休，欲语泪先流"，愁得厉害了，而且对人生整体失望，第七级，对于人生，这是烈酒了，但李清照写来，这样的愁苦还是小杯的；"问谁使君来愁绝？铸就而今相思错，料当初、费尽人间铁。"第八级，愁得猛烈，却阔大，是大觥的烈酒了，一般人难以抵挡，除非是辛弃疾这样的好汉子；"胡未灭，鬓先秋。泪空流。此生谁料，心在天山，身老沧洲。"天下大事，家国命运，除非心死，否则实在放不下，而时光无情，心愿未了，人生价值没有实现，人生却即将结束，这愁苦，到了第九级；"问君能有几多愁？恰似一江春水向东流"，"独自莫凭栏，无限关山，别时容易见时难"，亡国、破家、失去自由、难免亡身的李后主的愁，是彻底心碎、无望、无奈的愁恨，是最强烈的，到了第十级。

回头来看第一级的轻愁与闲愁。在意境和审美上，它有着烟水云雾的飘忽和飞花回雪的轻盈，极富美感。

极爱冯延巳的《鹊踏枝》：

> 谁道闲情抛掷久？每到春来，惆怅还依旧。日日花前常病酒，敢辞镜里朱颜瘦。　河畔青芜堤上柳，为问新愁，何事年年有？独立小桥风满袖，

平林新月人归后。

那抛掷不去的闲情,那年年来袭的惆怅,是伤春?是春愁? 是念远? 是怀人? 是叹息韶华易逝? 也许都是,也许都不是,就是一个敏感的心灵在春天里感受到的莫名伤感,这种"新愁",就是轻愁、闲愁。

同样的情绪和美感出现在另一位写暮春闲愁的高手——晏殊的笔下。

晏殊《踏莎行》:

> 小径红稀,芳郊绿遍。高台树色阴阴见。春风不解禁杨花,蒙蒙乱扑行人面。　翠叶藏莺,朱帘隔燕。炉香静逐游丝转。一场愁梦酒醒时,斜阳却照深深院。

还有他的名作《浣溪沙》:

> 一曲新词酒一杯，去年天气旧亭台。夕阳西下几时回？　无可奈何花落去，似曾相识燕归来。小园香径独徘徊。

一段隐隐孤寂和淡淡愁意，是居官显赫也不能"抛掷"的"闲情"，亦是"年年有"的"新愁"，闲意沁人、清芬四溢。这是属于诗性心灵的，若有所失，复若有所思，看似发自无端，却深挚动人。

秦观的名作，一般首推声调激昂的"两情若是久长时，又岂在朝朝暮暮"（《鹊桥仙》），我却最喜欢《浣溪沙》，认为不但是少游的代表作，而且也是宋词巅峰杰作之一：

> 漠漠轻寒上小楼，晓阴无赖似穷秋，淡烟流水画屏幽。　自在飞花轻似梦，无边丝雨细如愁，

宝帘闲挂小银钩。

诚如缪钺所言，此词"取材运意，一句一字，均极幽细精美之能事。……故能达人生芬馨悱眇不能自言之情"。

这阕词的主角是情绪：凄迷的心绪，淡淡的哀愁，无处不在，但依然是轻盈的，清雅的；发自无端，难以自言，但很美，非常美，而且始终是美的。这便是真正的"闲愁"。

说到"闲愁"，自会想起"试问闲愁都几许？"这出自贺铸的《青玉案》：

凌波不过横塘路，但目送，芳尘去。锦瑟年华谁与度？月台花榭，琐窗朱户，只有春知处。　碧云冉冉蘅皋暮，彩笔新题断肠句。试问闲愁都几许？一川烟草，满城风絮，梅子黄时雨。

最后四句，黄庭坚非常欣赏，周紫芝《竹坡诗话》中提到"人皆服其工"，罗大经指出（烟草、风絮、梅雨）"盖以三者比愁之多也，兼兴中有比，意味更长"。赵齐平则洞悉了贺铸连用三个比喻（博喻）的妙处："烟草"连天，是表示"闲愁"的无处不在；"风絮"颠狂，是表示"闲愁"的纷繁杂乱；"梅雨"连绵，是表示着"闲愁"的难以穷尽。抽象的"闲愁"被描写得如此丰富、生动、形象、真切。

这些诗词中的孤寂、失落、惆怅、无名哀愁，来自何方？曹丕《善哉行》所言"高山有崖，林木有枝，愁来无方，人莫之知"，曹丕说对了一半，所有的轻愁、闲愁、新愁，都是与生俱来的，是与生命意识联袂而至的。人生如梦，浮生短暂，花开必谢，月圆即亏，遗憾多而如意少，愁闷长而欢娱短。正如卢梭所说："人是生而自由的，但却无往不在枷锁中"，克尔凯郭尔则认为"世上无人不为某种原因而绝望"，人的不自由、局限、缺憾是生命本质的一部分，更何况人生一切戏剧的背景，是死亡的黑色幕布。

因此，轻愁与闲愁，并不是什么"消极情绪"、"灰暗心态"，更不是"无病呻吟"，也不需从历史年代、作者生平中苦苦追索"历史原因""个人原因"，因为这样的愁绪和愁意并不来自具体的一个原因、一件事，而是来自生命本身。"深知身在情长在"，人生的局限、生命的缺憾永在，心中的愁也必定长存。

李清照和柳永都是抒写愁绪的高手，但是他们的笔下较少出现真正的闲愁。他们的愁，往往来自于心事：不是"求不得"苦，就是"爱别离"苦。他们的愁，是有具体因由的。这种愁，甚至在他们的某些人生阶段，是有解决的可能的。比如，赵明诚回来团聚，比如，易安能够结束被迫归宁的日子回到丈夫和自己的藏书身边，比如，赵明诚不因为易安无出或者年长色衰而纳妾，那么李清照的愁苦是可以排解的。

苦苦思念着一个人，或者心中有强烈恋情，整个人便处于奥尔罕·帕慕克《纯真博物馆》中所写的状态："我的胃里有午饭，脖颈上有阳光，脑子里有爱情，灵魂里有慌乱，心里则有一股刺痛。"这时候的愁，是情愁，是浓愁——心里有"人"的时候，整个世界都是伊人的影子，只见那片特殊的树叶，不见整个森林，愁因伊人起，整颗心置于相思的磨盘中；灵魂里没有慌乱、心里没有刺痛的时候，才会安静地看见整个世界，发现世界辽阔，安静，蕴含着生机、美、神秘和启示。但，依然惆怅，依然哀愁。这便是闲愁，是轻愁，也是清愁。

清愁，这两个字真美。这个词，和青瓷器物，是我心目中"纯中国的美"的典范。雅致而含蓄，静谧却深刻，单纯中有许多微妙，丰富却又远离尘嚣，能同时带给人轻灵（向上）和沉静（向下）的感觉，美得极富灵魂性。

"有不可一世之概"的辛弃疾，在他二十四岁的立春日，写下他南归宋朝后的第一阕词《汉宫春》，后半阕里便有"清愁"：

> 却笑东风从此，便薰梅染柳，更没些闲。闲时又来镜里，转变朱颜。清愁不断，问何人、会解连环？生怕见、花开花落，朝来塞雁先还。

清愁不断，而且纠缠成结，如玉连环般无法解开。这样的"清愁"太有力量，只属于辛弃疾。

最初是在《红楼梦》里读到"清愁"的，曹公用"风露清愁"的芙蓉来代表林黛玉。一身不食人间烟火的脱俗和一缕带着诗性幽芬的愁意，令她美得不同凡响。从而和代表宝钗的花王牡丹形成对比。黛玉多愁，其中有身世的悲愁，有相思的情愁，有高洁者与世疏离之愁，也有颖悟者敏感于生命本质的闲愁与清愁。

刘晓蕾在《醉里挑灯看红楼》中写道："谁能孤独而

自由？……是黛玉，让孤独开出了诗意的花。"说得好极了。

新愁、轻愁、闲愁、清愁，是高级的精神活动，与感情的丰富、感知的敏锐、内心的独立、个体生命的觉悟相伴相生。能深刻体味这种愁的，都是敏感而安于孤独的人，是在孤独中思考生命本质、细细体会人生况味的人。

"孤独而自由"的心灵，才懂得轻愁和闲愁。

深刻地体味它，以灵隽之笔抒发，方能令人"似置身于另一清超幽迥之境界，而有凄迷怅惘难以为怀之感"（缪钺语）。

"人世生活的本来状态就是不如意、不完美的，从来如此，也会永远如此。不但不该厌弃，正当细细品尝这人生原本的滋味。"（朱刚《苏轼十讲》）

只有真正挚爱生命的人，才会甘于担荷如此生命中不能承受之轻，甘于细细咀嚼、深深品味如此苦涩幽微、黯然神伤的情怀。

为问新愁,何事年年有?

身在情长在,愁也长在。闲愁最苦。闲愁也最美。

女性之美的巅峰摹写

「笑时犹带岭梅香」，写出了女性的气质美格调美，更写出了人生哲学的美，是抵达『人与天地参』境界的大美。

当美战胜了它的敌人——那些摧毁美的东西，美就拥有了力量。

女性之美的巅峰摹写

古诗词里关于女性美的描写,可谓不胜枚举。

就我个人的阅读经验,印象深的却不太多。因为许多诗词只是写到女性,并不曾写出了女性美。即使写出女性美,能风神动人、独出机杼者,终究是少数。况且这些摹写传神而艺术独特的作品,其所传递所赞美的女性之美,又有深度和烈度的不同。更有一关要过:作者是否在审美观、人生观、两性观诸方面超越具体时代、经得起时间和不断演进的观念的双重严苛检验。

《诗经》中"蒹葭苍苍,白露为霜。所谓伊人,在水一方",虽然是写女性的名句,但与其说写美人,不如说是写心上人。当人有了心上人,全世界的人就只分为两类:那个她(或他)和其他人。所以这首诗写的是恋情,而主要不是女性之美。当然那个伊人一定是很美的,因为她是那个充满诗意的世界的中心,因为她是思恋、渴慕的心的方向。《蒹葭》没有一句写伊人的容貌是对的。被这样痴心爱恋、苦苦思慕的人,当然是全世界最美的。

被爱的人总是美的。正如从来不存在真正的色衰爱弛,而是相反,爱弛了,失去爱的支撑和滋养的美貌才枯萎衰败。

来看乐府。《孔雀东南飞》中的女性美是现实而细致的,令人印象深刻:"鸡鸣外欲曙,新妇起严妆。著我绣夹裙,事事四五通。足下蹑丝履,头上玳瑁光。腰若流纨素,耳著明月珰。指如削葱根,口如含朱丹。纤纤作细步，精妙世无双。"虽然没有对刘兰芝容貌和表情的描写，但是完全读得出她的伤心和悲愤，以及在这种心境之中，对人格尊严、女性骄傲的全力维护。正因为她在应该蓬头垢面、哀哀欲绝、丧魂落魄、苦苦哀求的时候，反而这样严妆，这样光彩夺目，而且依然守着礼数，进退有度地上堂拜别婆婆，所以才使得本应享受胜利喜悦的婆婆变得恼羞成怒。"阿母怒不止"，其实是很奇怪的，已经成功地逼迫儿子把兰芝休掉、要赶她回家了，为什么还要这么生气？因为她看到兰芝没有崩溃，而且依然保有自己的体面，依然很美，打扮得很精致很夺目，面对这样一个儿媳妇，这个自以为是又蛮横的女人，突然感到自己把儿媳妇休掉的理由实在是牵强，而且觉得任何人都会对着这样一个儿媳妇发出疑问：为什么婆婆会如此容不得她呢？于是这个可恶的婆婆和不称职的母亲崩溃了，于是她只能用大发脾气来找回心理优势。

美，有时候就是一种罪。无论拥有美的人如何努力，都不能赎。

李白写女性美还是值得注意的。虽然因为他天生一种飘飘荡荡的气质,绝不是情圣,使得他在这方面未曾完全发挥他的天才,但他写起女性来,带着一股盛唐的醉意,也自有其好处。最著名的当数《清平调》三章。"云想衣裳花想容,春风拂槛露华浓","名花倾国两相欢,长得君王带笑看",玉面花光辉映,不知是名花衬着美人,还是牡丹"得气美人中"。因为写的是杨贵妃,又比较浅近,自带爆款流量,而且流光溢彩兴高采烈,所以万口流传。

同样写杨贵妃,白居易的名句是"回眸一笑百媚生,六宫粉黛无颜色",比李白写得好。因为写出了美人的动态和神态,也写出了迷人的程度和对其他美女致命的后果。这两句写得好,以浓艳写浓艳,以娇俏写娇俏,仿佛有香气从纸面散发出来。但是细想,也仍然是一个尤物,因为出众的美貌击败了其他段位不够的对手,赢得了可以改变人生的垂青和宠爱。以色事人，这样的女性美，格调上是有些先天不足的。

《清平调》是奉唐玄宗之命而作，同为遵命文字，李白还有其他一些作品，但就不如写杨贵妃的有名。比如《宫中行乐词八首》其一：

> 小小生金屋，盈盈在紫微。
> 山花插宝髻，石竹绣罗衣。
> 每出深宫里，常随步辇归。
> 只愁歌舞散，化作彩云飞。

这一首的女性，是一位年少宫女，身份远远不能和杨贵妃相比，但是在李白笔下也很美，而且美得更有特点。

"小小""盈盈"写出了宫女的身量小巧，插在头上的"山花"和绣在罗衣上的纤细的石竹花（而不是牡丹），有一种纤细的气质，更衬托了她的单纯可爱，同时还有些心不在焉的清新脱俗。

"每出深宫里，常随步辇归"，顾随先生认为这两句不好——"太滑"；也有人认为是暗用了虞世南奉隋炀帝之命嘲"司花女"袁宝儿之典："缘憨却得君王惜，常把花枝伴辇归"，是写宫女娇憨。其实即使不用典，这两句也还不错，写宫女的日常生活，同时也能读出天真懵懂，出宫、回宫，这个小女孩都是天真烂漫地跟着走，她没有什么自己的心思。但是娇小可爱的她也是有技艺的，她能歌善舞，而且她的舞姿非常轻盈非常优美——李白大约觉得人间找不到什么东西来比喻，只能把它想象成彩云，所以最后两句的意思是：真担心歌舞散去的时候，这个小姑娘会化作一片彩云飞回到天上去。有人认为是说歌舞结束后，这个女孩子会如彩云般步履轻盈地离去，因此引人惆怅；我觉得这样理解把李白给读拘泥了，也把诗意死死困在了地面上。

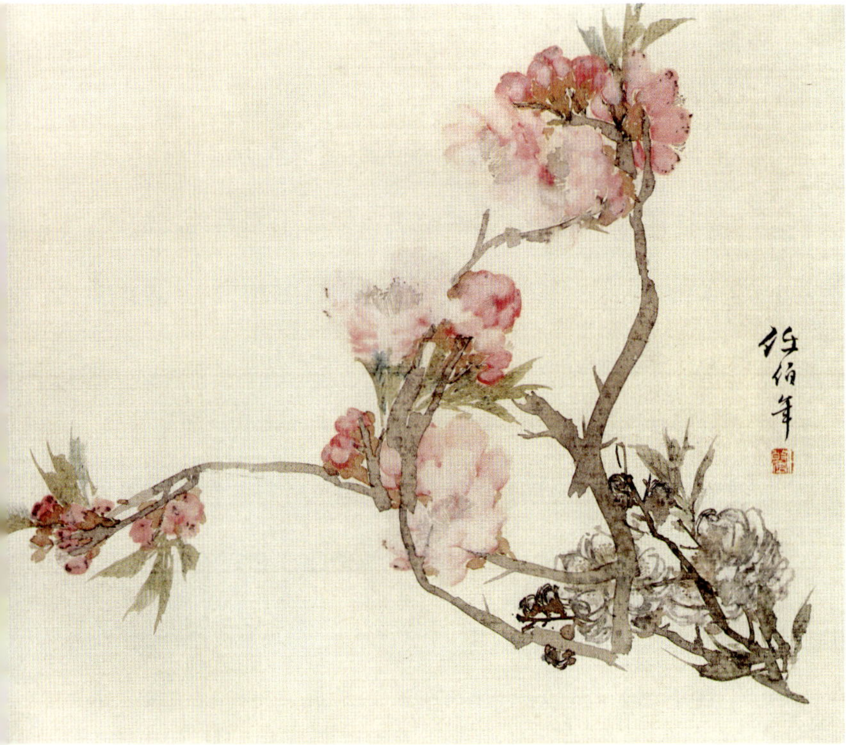
任伯年

这首诗写女性美,比《清平调》要好,因为是把女性的外表、特点、气质、专长、动态结合起来写,写出了"这个"女孩子独有的美,一种稚气娇憨的美。

这样的女性美,固然唯美,但除了相当纯度的美,没有别的。美则美矣,还不够强烈,不够吸引人;更不够深刻,不足以动人。

写女性美,一般不会想起辛弃疾。确实,金戈铁马、硬语盘空的辛弃疾很少写女性,写也写得往往比较简约而粗线条。当然他也粗中有细,他的细主要在于他似乎格外重视女性的头饰。著名的《青玉案·元夕》里"蛾儿雪柳黄金缕,笑语盈盈暗香去",蛾儿、雪柳黄金缕,都是宋代妇女元宵节出游时头上所戴的饰物;《汉宫春·立春日》第一句就是:"春已归来,看美人头上,袅袅春幡。"按当时风俗,立春日,妇女们多剪彩为燕形小幡,戴于头鬓,叫作春幡。辛弃疾也写眼泪,但不是胭脂泪,而是英雄泪,这个时候美女出现了,"唤取红巾翠袖,揾英雄泪"，代指美女的"红巾翠袖"，实用性大于审美意义。与此相关的，辛弃疾笔下很多次出现的"佳人"、"美人"，都不是指美貌女子或者心上人，而是指与他志趣相投、他所爱重的好友，都是须眉丈夫。

关于女性美的描写，最过人的是谁呢？我觉得最过人的是苏东坡。

他的"淡妆浓抹总相宜"，虽然是借西子写西湖的，但仍然是关于女性美的一句绝妙诗句。美人美在其本色，淡妆浓抹都相宜，淡妆浓抹也都不重要，美人怎么都是美的。

另一句在《洞仙歌》中——

> 仆七岁时，见眉州老尼，姓朱，忘其名，年九十岁。自言尝随其师入蜀主孟昶宫中，一日大热，蜀主与花蕊夫人夜纳凉摩诃池上，作一词，朱具能记之。今四十年，朱已死久矣，人无知此词者，但

记其首两句,暇日寻味,岂《洞仙歌》令乎? 乃为足之云。

冰肌玉骨,自清凉无汗。水殿风来暗香满。绣帘开,一点明月窥人,人未寝,欹枕钗横鬓乱。 起来携素手,庭户无声,时见疏星渡河汉。试问夜如何? 夜已三更,金波淡,玉绳低转。但屈指西风几时来,又不道流年暗中偷换。

"冰肌玉骨,自清凉无汗。"这一句一下子从皮相的特点,直接切入到人的内心世界,从那个美人的冰肌玉骨,晶莹剔透,直接转入她的精神气质——气度娴雅、淡然自若、飘然出尘。这样一种气质,非常特别,读之令人向往。但是这两句的著作权不能归于苏东坡,因为他自己在小序里说了,这是流传下来的两句孟词。

不过,"冰肌玉骨,自清凉无汗",让我想起苏东坡

《贺新郎·夏景》中的一句:"手弄生绡白团扇,扇手一时如玉"。写高洁寂寞的美人,极好。这里隐隐约约用了典故,出自《世说新语·容止》:"王夷甫容貌整丽,妙于玄谈,恒捉白玉柄麈尾,与手都无分别。"

或认为白团扇暗示秋扇见捐——被冷落的寂寞,但因为写的是夏天,团扇正当合时,也许未必有此意。大约主要还是借手执团扇、扇手如玉来写出这位美人的一尘不染、冰清玉洁。"如玉"的,不仅仅是手,而是整个人。

气质不好、人品欠佳的女子,自然也有皮肤白皙、手长得纤秀的,但是诗人不会这么写。这不违背生活的道理,但违背了诗歌中审美的道理:美必须是整体性的,是表里统一的。

顾随先生说李商隐"东风日暖闻吹笙",写暖,必须是笙;杜牧"落日楼台一笛风",写凉,必须是笛;"'东风日暖'时岂无人吹笛?有人吹亦不能写",这是顾随先生很任性的一句妙语。同样道理,一个为人鄙俗或气质平庸的女子，即使肤如凝脂、十指纤纤，诗人也绝不会用"扇手一时如玉"来写她，因为那种情况下，这个女子的手只是雪白只是细嫩，但不能说"如玉"，她整个人更不能说"如玉"。事实上，只有整个人由里至外"如玉"，手才能"如玉"——才可以被写作"如玉"，否则再白皙柔嫩，"亦不能写"。

写女性之美，"淡妆浓抹总相宜"，和"冰肌玉骨，自清凉无汗"，都可以列入前三甲。

若说写得最好的，以我之见，出自苏东坡的《定风波·常羡人间琢玉郎》。这阕《定风波》前有小序，苏东坡这样记录了创作缘起——

> 王定国歌儿曰柔奴，姓宇文氏，眉目娟丽，善应对，家世住京师。定国南迁归，余问柔："广南风土，应是不好？"柔对曰："此心安处，便是吾乡。"

因为缀词云。

> 常羡人间琢玉郎,天应乞与点酥娘。尽道清歌传皓齿,风起,雪飞炎海变清凉。　万里归来颜愈少,微笑,笑时犹带岭梅香。试问"岭南应不好",却道:"此心安处是吾乡"。

苏轼的好友王巩(字定国)因为受到"乌台诗案"牵连,被贬谪到地处岭南荒僻之地的宾州。其歌妓柔奴自请随行。

这位柔奴,端的是非常美。东坡先写了她的容貌之美,不但在小序中道其"眉目娟丽",而且在词中赞美她是配得上英俊的"琢玉郎"的"点酥娘","点酥"二字,言其肌肤晶莹。

然后写了这位娟丽姑娘的技艺之美。她歌喉美妙,一旦从她牙齿洁白的樱桃小口里唱出一曲清歌来,像一阵风起,即使在炎热的地方也像下起了雪,让人感到清凉。歌声令人闻之心醉,忘却艰苦烦闷的环境而神清气爽——这是何等过人的技艺!

但这样的感染力,已经透露出了歌声背后的气质。

这位柔奴当然不俗。她追随王定国在广西那个当时的"瘴烟窟"五年,王定国的一个儿子病亡,王定国本人也大病一场,几乎丧生,气候条件、生活条件的艰苦不言而喻。可是就在这样一个精神上理应非常困苦的情况下,他们不悲戚不沮丧,豁达而平和地相守,坚韧而乐观地生活,五年之后,当他们北归,面色红润,容颜丰美,风采胜过从前——这一点似乎不是东坡的夸张,司马光、李焘等人对此均有记录,令苏东坡大为惊叹,也无比欣慰、无比高兴。

东坡和王定国相聚,柔奴出来斟酒,东坡和她聊天,问她:这几年在岭南应该很不适应吧?没想到这个小女子清清淡淡地回答了一句话:此心安处,便是吾乡。——

也没有什么适应不适应的，我的心能够安定的地方，就是我的家乡。

柔奴显然是熟读诗书的，因为白居易多次表达过类似的意思："身心安处是吾土，岂限长安与洛阳"，"我生本无乡，心安是归处"，"无论海角与天涯，大抵心安即是家"。苏东坡一直引白居易为同道，他当然不会不知道，但他没想到这个意思，能从一个朋友的侍妾口中说出，而且如此自然如此贴切。苏东坡自己一向抱持"人生所遇无不可""也无风雨也无晴"的人生观，因此柔奴此语，与苏东坡心性、气质大相契合，使他大为惊喜，大为共鸣，以至于为柔奴专门写了这阕词。

有人说这阕词是写王定国的，认为东坡的意思是：仆尚如此，何况主人？是借着柔奴的态度来写王定国的淡定豁达。客观上当然可以这样理解，但是细读小序和全词，恰是柔奴激发了苏东坡的创作冲动。为什么一定要说是苏东坡绕着弯子写老朋友呢？宇文柔奴，这个小小女子,难道不是一个人格独立、旷达超然、气骨不凡的人吗? 难道不正是她给了苏东坡极大的惊喜乃至鼓舞吗?这样的一个人,当然值得苏东坡专门写一阕词为她赞叹一番。

在潇洒旷达的苏东坡心目中,柔奴超越了现实的卑微身份,而成了一个朋友、一个同道。柔奴因此获得了和主人王定国并列的地位。琢玉郎,点酥娘,一对天造地设的璧人,同时又是一对以精神力量超越困境的智者。

让人非常惊叹的是,待人平等的苏东坡深切注意了柔奴的变化,"万里归来颜愈少",受了几年苦,万里归来,反而年轻了,这是一个奇迹,也是诗人对女性柔韧的精神力量的绝大赞美。

还不止如此,东坡注意到,在和自己相见对谈的时候,柔奴的精神状态是愉快的,她始终是微笑着的。这个微笑,智慧如苏东坡,是知道它的珍贵的,也是击节赞赏的。这种精神气质和人生观是苏东坡一向推崇的。

所以他用了这样一句来赞美：笑时犹带岭梅香。

当写一个女子，从容貌美写到了气质美，而且用了通常赞美高洁士人的梅花的意象，这是对女性最高的赞美。若再想到，连西施、王昭君、貂蝉这样的著名美人，留在历史和诗歌中的，基本上都只有美貌，谁也不知道她们的三观、性情和气质，便会觉得柔奴的幸运和苏东坡超前于时代的"人人生而平等"的观念之可贵。

"岭梅"的"岭"指大庾岭，岭上梅花有名，这个"岭梅"就泛指岭南那一代的梅花。

"笑时犹带岭梅香"，这句话从外表到神情，直通气质，再抵达人生观。柔奴年纪轻轻，不但天生丽质、冰雪聪明，而且已经得道，她能够平静地面对人生的苦难、摆脱精神上的困苦，领略并贯彻了这样一种人生哲学：随遇而安，随缘自适。

"此心安处，便是吾乡。"柔奴说的是"此心"，这颗心，不是别人的，是她自己的心，这和《红楼梦》黛玉所谓"我为我的心",有相通之处。在这里,女性不是附属品,不是依附、从属、仰望于他人的,而是有自己的心,自己的人格,自己的选择,自己的情怀。因此,"随"是自己选择的"随","安"是自己达成的"安"。柔奴参透苦乐,看淡得失,翩然归来靠的是自己的精神力量,这种力量甚至还帮助和支撑了她的主人和丈夫。

以梅花的清香写一个女子的微笑,以梅花的高洁脱俗写一个女子的气质和人格,我觉得这是中国古典诗词里写女性美,写得最高明、最美妙的一句。

"笑时犹带岭梅香",写出了女性的气质美格调美,更写出了人生哲学的美,是抵达"人与天地参"境界的大美。

当美战胜了它的敌人——那些摧毁美的东西,美就拥有了力量。而美面对它的死敌——挫折、苦难、痛苦、辛劳、时间……不被击垮,却也不对抗,只是超越;不怨尤,但也不自怜,更不自赏,只是看得淡,想得通,美就成了一种真正的强大。

不为外物所伤，不随世俗俯仰，平和中生机郁勃，淡然中安然自适，表里澄澈，清香四溢，多少自在！女性之美，人的精神之美，可以如此洒脱，如此开阔，如此柔韧，如此超然于尘世之上。伟大的苏东坡记取了这一幕。于是，梅花的幽芬清气至今飘浮，女性的性情之美气质之美，历千年而光彩熠熠，照彻此际昏暗的双眸和委顿的心灵。

流逝永恒，此刻亦永在

好时光留不住,未来不可知,人生能够着力的,唯有现在。对今天的一寸寸光阴,真真切切地活过去,对每一个此刻的滋味,仔仔细细品出来,这方是『珍惜现在』。

流逝永恒，此刻亦永在

很多古诗词里，美的，好的，令人心醉乃至完美的，大多在过去，也有一部分在未来，但是似乎总不在当下、现在。

还似旧时游上苑，车如流水马如龙。花月正春风。（李煜《望江南·多少恨》）

当时明月在，**曾**照彩云归。（晏几道《临江仙·梦后楼台高锁》）

忆昔午桥桥上饮，座中多是豪英。长沟流月去无声。杏花疏影里，吹笛到天明。（陈与义《临江仙·夜登小阁忆洛中旧游》）

浓春，游乐，帝王的豪奢，人间的繁华；歌舞，惊艳，两心相许，柔情蜜意；知交欢聚，完美的季节、清雅的氛围和笛声……这一切，都存在于"旧时"，"当时"，"昔"。也就是说，那些美好，只存在于过去，并不在当下。而现在、当下，还处于和那个往昔相反的境地里：王朝与繁华都恍如一梦，心上人已经渺无踪影，世事变迁，知交风流云散……

如何对待绝不完美、总难如意的今天？曹操极有斗志。其《短歌行》非常有气概：

对酒当歌，人生几何？

譬如朝露，去日苦多。

慨当以慷，忧思难忘。

何以解忧？惟有杜康。

青青子衿，悠悠我心。

但为君故，沉吟至今。

呦呦鹿鸣，食野之苹。

我有嘉宾，鼓瑟吹笙。

明明如月，何时可掇？

忧从中来，不可断绝。

越陌度阡，枉用相存。

契阔谈䜩，心念旧恩。

月明星稀，乌鹊南飞。

绕树三匝，何枝可依。

山不厌高，海不厌深。

周公吐哺，天下归心。

"人生几何之感，原是人之常情，下面接以去日苦多，警意便深了一层。正因为去日苦多，更要紧握现在。"（金性尧《炉边诗话》）说得对，这首诗的主旨绝不是"及时行乐"，而是说应该紧紧把握现在。把握现在做什么？并不是酒池肉林、饮酒作乐，而是招揽贤才，建功立业。曹操对"现在"是非常珍视的，充满紧迫感。

2020年一开端就因为"新冠"疫情而闭门不出，这时候容易想起陶渊明。他是与曹操处于两极的人物。

方宅十余亩，草屋八九间。

榆柳荫后檐，桃李罗堂前。

暧暧远人村，依依墟里烟。

狗吠深巷中，鸡鸣桑树颠。（《归园田居·其一》）

这些乡村常见的景物、事物，陶渊明朴素而愉快地记录了它们，而他"少无适俗韵，性本爱丘山"的人格和性情，"久在樊笼里，复得返自然"的喜悦，都自然而然地流露出来。这种喜悦之所以真切而巨大，是因为可以远离浊世、回归田园，更因为终于自我解放、自我振拔、自我回归。陶渊明"归园田"的喜悦中既有摆脱厌恶的一切的轻松，又有一个人得偿所愿才会有的、真正的内心满足，更有一种打出樊笼的冲天自由感和一种回归本性的平衡感。

除了寻常而亲切的景物，陶渊明的人际交往也自然而松弛——"时复墟里人，披草共来往。相见无杂言，但道桑麻长。"在其实匮乏的条件下，邻里关系也不乏温暖："漉我新熟酒，只鸡招近局。日入室中暗，荆薪代明烛。"

人生在世，要不仅仅是"活着"，而是"生活"，有两点是不可缺少的。一是生存所必需的衣食住等基本条件。

这是物质层面的。二是作为独立生命个体，需要获得肯定。这是精神层面的。而这两点，陶渊明都自己解决了。第一，他"种苗在东皋，苗生满阡陌""但愿桑麻成，蚕月得纺绩"(《归园田居·其六》)，亲力亲为，不辞劳苦，真正实现了自食其力。第二，他"我与我周旋""宁做我"，不再谋求外界和外在标准的任何评价，自己对自己做出了明确的肯定，从而获得了长久的平衡和安宁。"生存需要""肯定需要"这两项核心技术，陶渊明都自己掌握了，不向外求，所以，"他的隐居确是连灵魂一同隐居的。"(金性尧《炉边诗话》)

《归园田居》最"言志"的是"其一"，但"其三"也很重要：

种豆南山下，草盛豆苗稀。
晨兴理荒秽，带月荷锄归。
道狭草木长，夕露沾我衣。

> 衣沾不足惜，但使愿无违。

这里写了平凡而辛苦的劳作，"愿无违"，与其说是行动背后的动力，毋宁说是一系列行动的巨大收获。"但使愿无违"，是最大限度的自由和自我肯定。陶渊明的"愿"是什么？是远离污浊、回归田园，也是以个人意志超越黑暗时势、保全清洁操守和坚持自由意志。

对诗人来说，这样的当下，再清贫，再辛苦，都是可贵的。每一天，都是值得长久凝视和细细品味的。

曹操对待今天是充满紧迫感的，陶渊明对待今天是从容不迫的，但他们两个人对"今天"都是珍惜和郑重以待的，都是善于把握当下的人。只不过一为枭雄一为隐士，握住的自然是相反的两端。

寻常人的"现在"和"当下"常常处于这样的状态：不令人绝望，但令人失望；过得去，但有缺憾有挂虑甚至恐惧；很难像曹操那样高调进取，或者像陶渊明那样完全满足。这时候,有一种态度是:以平和而退让的态度看待现实,与悲哀和无奈相安无事,争取有限度的快乐,仍然珍惜当下。

典型的如杜甫的"莫思身外无穷事,且尽生前有限杯"(《漫兴九首》其四),春天来了,人渐渐老了,这时候惊叹时光太快,惜花,伤春,叹老,嗟贫,感怀身世,怅想身前身后、时空宇宙……都是人之常情,但这样的人之常情,其实对世界没有什么意义,对人生没有任何发现,只是一个人呆坐着,眼神黯淡,任春天一寸一寸流逝。如此对于有限的人生中更加有限的春光,其实是辜负的。所以杜甫认为应该趁着春天,鼓舞起来,暂时不想那么多,好好喝几杯。这两句和"酒债寻常行处有,人生七十古来稀"有相通之处,但是意思要好太多了,在无可如何的境地想出了办法。春光短暂,人生有限,一生能喝的酒是有限的,身外的事情要思量是无穷无尽的,反复探究反复愁苦都无济于事,在稍纵即逝的春天,不

山陰伯年
任頤

妨统统放下，就心思单纯、痛痛快快地喝上几杯吧。如何面对苦乐交集的现实，如何珍惜远远说不上完美的当下，这是老杜的答案。

这种态度最典型的当数晏殊——"满目河山空念远，落花风雨更伤春。不如怜取眼前人。"（《浣溪沙》）

关于晏殊，胡适说他"闲雅富丽之中带着一种凄惋的意味"（《词选》），一向觉得极是。后来在《中国古典诗词感发》中读到，顾随认为胡适"所言只对一半"，顾随认为晏殊"闲雅、富丽、凄惋之外还有东西"。是什么？"大晏的特色乃明快——此与理智有关。"顾随还以"莫将琼萼等闲分，留赠意中人"为例，指出晏殊对人生"有解决的办法"。

顾随对晏殊的论说，令人击节：

> 大晏词情感外有思力，"满目河山空念远"三句可为大晏代表，理智明快，感情是节制的，词句是

美丽的。人生最留恋者过去,最希冀者将来,最悠忽者现在——现在在哪儿?没看见。人真可怜,就如此把一生断送了。"满目河山空念远,落花风雨更伤春"是希冀将来,留恋过去,而"不如怜取眼前人"是努力现在。……你不要留恋过去,虽然过去确可留恋;你不要希冀将来,虽然将来确可希冀。我们要努力现在。尽管要留恋过去、希冀将来,而必须努力现在。这指给我们一条路。(《中国古典诗词感发》,顾随讲,叶嘉莹笔记)

晏殊显然也"念远"、"伤春",而且深深体会到了其中的层层滋味;但他明确意识到对过去的好时光、离别的故人的留恋是"空"的,过去就像落花难以追回;对将来的希冀也像满目河山一样遥不可及,能够好好把握的唯有"眼前人"——能够好好珍惜的唯有今天、当下、此刻。写下这三句的晏殊,不是一个奉行中庸之道的士大夫,更不是一个无奈而妥协、退避的伤感者,而是兼具诗人的感情和哲人的理智的人。这样的人,是人世间需要的人——真挚而温和的明白人。(按照星相的说法,我觉得晏殊一定是天秤座。他总能保持平衡和风度,他的词或深挚或雅淡,但一定唯美。)

与大晏的这三句心理同构的,是苏轼的"休对故人思故国,且将新火试新茶。诗酒趁年华"。(《望江南·超然台作》)起头就说"休",其实说明已经在"对故人思故国"了(就像晏殊,其实也是先"满目河山空念远,落花风雨更伤春",之后才有了觉悟和办法),思念了,有些凄伤,于是努力超脱,决定及时把握明媚春光和大好年华,好好饮酒作诗。

东坡和大晏都在说:过去和将来再美,今天才是最重要的。

经过了低落和矛盾,归于理智和明快,诗人们似乎解脱和轻松了。但是思念和伤感并没有退场,它们只是在情绪的搏击中落了下风，站到了暗处，但是它们一直是在的。再努力把握今天的人，也无法完全不留恋过去、不希冀将来。正是因为留恋过去的美好、光明、温暖，希冀将来的美好、光明、温暖，人们才会思考"今天"的意义，才可能真正珍惜和把握现在，将心愿付诸行动。

欧阳修也是一位真挚优美的明白人。

他的《玉楼春》中的"今天"是愁苦的，因为要在春天里和亲爱者分离：

> 尊前拟把归期说，未语春容先惨咽。人生自是有情痴，此恨不关风与月。　离歌且莫翻新阕，一曲能教肠寸结。直须看尽洛城花，始共春风容易别。

离别难忍，痴情难解，饮酒、听歌都无济于事甚至推波助澜。那么怎么办呢？一片离别的愁云惨雾中，欧阳修突然冒出这样的念头：不如再在洛阳待上一段时间，一起尽兴地赏花，等到花尽春阑，再与春天、与亲爱者一齐道别，那时，想必就会甘心一些，感情上也容易接受一些了吧。对呀，既然相守的欢乐，洛阳的春色，令人如此不愿离别不能割舍，那么就应当携手并肩，把洛阳城盛开的牡丹花看个遍，直到整个花期过去，满城的牡丹凋谢一空，我们才和这一年的春风、这一回的欢聚，从容道别。

珍惜现在，把握当下，有时候需要一些打破常规的想象力，和坚持本心的任性。"直须看尽洛城花，始共春风容易别"，突发奇想，刻意延长美好的体验并将其推到极致，今天不留遗憾的同时，为未来的回想留下了很好的蓝本。如何对待"不得意"的今天，这是欧阳修的态度。

"把每天当成是末日来相爱，一分一秒都美到眼泪掉下来。……享受现在，别一开怀就怕受伤害。许多奇迹，我们相信才会存在。"有一次重听信乐团的《死了都要爱》，突然让我想起欧阳修的"直须看尽洛城花，始共春风容易别"，觉得他任性得很现代。

花终要凋谢，宴终有散时，甘心不甘心，人也总有一别，那么"看尽洛城花"的努力有什么意义？或者说，当时有没有好好把握，究竟有没有区别？欧阳修后来的一首《戏答元珍》似乎回答了这一点：

> 春风疑不到天涯，二月山城未见花。
> 残雪压枝犹有橘，冻雷惊笋欲抽芽。
> 夜闻归雁生乡思，病入新年感物华。
> 曾是洛阳花下客，野芳虽晚不须嗟。

极爱"曾是洛阳花下客，野芳虽晚不须嗟"这两句（宜昌欧阳修公园的欧阳修雕像底座上，就刻着这两句诗）。这种经多识广、大方从容的理性态度，也许是宋诗能与盛唐诗稍作抗衡之处。欧阳修告诉我们：曾拥有过美好、完满的人生境遇,就是得到上苍厚待的人了,在萧索困顿中,内心也不应该放弃希望;即使身处窘迫与艰难的处境,也不必嗟叹自怜、怨天尤人;那些光亮、温暖而美妙的昨日记忆,足可照亮灰暗、粗鄙而浇漓的当下此际的。

"看尽洛城花"的纵情尽兴,有过和没有过,人生是不一样的。

若论对时间的敏感与反复参悟,谁能比得过苏东坡?东坡《洞仙歌》的下半阕有"试问夜如何? 夜已三更,金波淡,玉绳低转。但屈指西风几时来,又不道流年暗中偷换"。金波,指浮动的月光;玉绳是星名,"玉衡北两星,为玉绳星"(李善注《西京赋》引《春秋元命苞》)。这是后蜀后主孟昶和宠妃花蕊夫人深夜纳凉时的对话。花蕊夫人轻柔地问:"你可知道现在是什么时辰了?"蜀主回答:"应该三更了吧。看,不是月光暗淡,玉绳星也已经低垂了吗?"屈指计算,还要过多久才能迎来凉爽的秋风？却忘了一旦夏去秋来，不知不觉，似水流年也就悄悄流逝了。

孟昶特别畏热。"当大热之际，人为思凉，谁不渴盼秋风早到，送爽驱炎？然而于此之间，谁又违计夏逐年消，人随秋老乎？嗟嗟，人生不易，常是在现实缺陷中追求想象中的将来的美境；美境纵来，事亦随变；如此循环，永无止息——而流光不待，即在人的想望追求中而偷偷逝尽矣！当朱氏老尼追忆幼年之事，昶、蕊早已无存，而当东坡怀思制曲之时，老尼又复安在？当后人读坡词时，坡又何处？……是以东坡之意若曰：人宜把握现在。"（周汝昌语，见洪亮《情天真有返魂香：宋词阅读笔记》）

周汝昌的红楼梦研究，我有模糊的戒心，对诸如"史湘云才是《红楼梦》第一女主角"之类观点，也无法赞同；不料他对东坡《洞仙歌》的这番读解，却味得深，解得透，道出了东坡的幽玄、深婉和高妙。

炎夏会过去，但这样携手纳凉、夜半低语的良辰美景也就过去了。秋天很快就会来临，绝世容颜也将凋零衰败。又岂止是姿容？一起流逝的还有大好年华，缱绻相守，以及摩诃池上的岁月静好，水晶殿外的山河宁定。此刻，中原，赵匡胤已经"黄袍加身"，后蜀的冬天不远了。

好时光留不住，未来不可知，人生能够着力的，唯有现在。对今天的一寸寸光阴，真真切切地活过去，对每一个此刻的滋味，仔仔细细品出来，这方是"珍惜现在"。更何况，唯有好好把握了"现在"，才能给人生留下好的"过去"，并且争取好的"未来"。

前几天，看到有人在网上半开玩笑半诉苦地"呼吁"：因为受疫情影响，第一季度大家彻底"宅"了，感觉今年什么计划都来不及完成，连东京奥运会也延迟到明年了，何不干脆把今年当作2019闰年，把明年改成2020年，这样什么都不耽误，大家还直接少了一岁年龄，岂不皆大欢喜？

这当然只能是个玩笑。疫情会过去的，世界会恢复正常的，但是特殊的安静居家，亲情相守的温暖，终于可以读书、画画、弹琴、种花、喝茶的闲情逸致，沸腾生活停摆带来的大把放空和思考的时光……也都会随之一去不复返。我们生命的一部分时间，也一去不复返了。

因为人生的境况极少是完美的，所以人容易有错觉：完美在过去，在将来，唯独不在当下。"人生得意须尽欢"，若今日复今日，总不得意，当如何？中年之后，渐渐悟出：人生不得意也须尽欢。尽力活个透彻，则此刻便是此生。看尽洛阳花，春去，花落，尽兴赏花的记忆在，花便从此不败；怜取眼前人，周遭不断在变，却始终"怜取"值得珍惜的部分，水一直在奔流，江却始终不空。

"古今如梦，何曾梦觉，但有旧欢新怨。异时对，黄楼夜景，为余浩叹"，苏轼《永遇乐》的结尾，怀古伤今的同时，蕴含着贯通过去、现在和未来的认识：人生代谢但异代同心,因此情怀不灭。确实,"明月如霜,好风如水"的那一夜,"铿然一叶"的那一刻,苏东坡经历过,于是我们也经历了,至今还在经历着。

流逝永恒,此刻亦永在。

哀感顽艳的『顽』与『艳』

一个人，内外兼修，成为『美人』、『君子』、『佳人』，『特别深解情趣』，果然是『艳』。若再『识人的高下』，便是极『艳』，再无缺憾了。

哀感顽艳的"顽"与"艳"

前阵子因为在朋友圈看见日本女明星天海佑希演源氏的剧照,想起要认真读一读《源氏物语》。这次读的是丰子恺翻译的版本,译笔既古雅又灵动,很有味道,上下两册,一口气读完了。

第一回《桐壶》,桐壶更衣去世后,皇上派命妇到外家探望,命妇看见庭院凄凉、寡母哀痛,说了一句:"我乃冥顽无知之人,今日睹此情状,亦觉不胜悲戚!"

这时候的源氏，还是小皇子，生母刚去世，那位悲伤的寡母就是他的外婆。等他渐渐长大，书里对他外貌的赞美就进入了单曲循环的模式：

此时他身穿一套柔软的白衬衣，外面随意地披上一件常礼服，带子也不系。在灯光影中，这姿态非常昳丽，几令人误以为美女。

源氏公子病后清减，倦倚岩旁，其丰姿之秀美，盖世无双，使得众人注视，目不转睛。……寺中老尼姑等人，她们从来不曾见过如此俊秀的美男子，相与赞叹道："这不像个尘世中的人。"

不知怎么，想起了杜甫的《饮中八仙歌》：

知章骑马似乘船，眼花落井水底眠。汝阳三斗始朝天，道逢麹车口流涎，恨不移封向酒泉。左相日兴费万钱，饮如长鲸吸百川，衔杯乐圣称避贤。宗之潇洒美少年，举觞白眼望青天，皎如玉树临风前。苏晋长斋绣佛前，醉中往往爱逃禅。李白一斗诗百篇，长安市上酒家眠，天子呼来不上船，自称臣是酒中仙。张旭三杯草圣传，脱帽露顶王公前，挥毫落纸如云烟。焦遂五斗方卓然，高谈雄辩惊四筵。

这首诗给八个人画了肖像：李白、贺知章、李适之、汝阳王李琎、崔宗之、苏晋、张旭、焦遂，各有特点，而崔宗之的特点就是帅。莫非他另有才能，杜甫没有写？查史书，崔宗之，本名崔成辅，字宗之，博陵安平（今河北安平）人，宰相崔日用之子，相貌英俊，为饮中八仙之一，袭封齐国公。后来不知为何贬官金陵，不知所终。崔宗之的出身是官二代无疑，没有什么特别的才能，根据留下来的《赠李十二白》诗看,诗才也平平,为什么能进入杜甫的诗中?除了好饮,就是因为长得好看,这是崔宗之千古留名的"核心技术"。《源氏物语》絮絮叨叨的描写和赞叹,杜甫就用了十二个字:"潇洒美少年""皎如玉树临风前"。杜甫这首诗其实无意中留了一个证据:在唐代,"颜值即正义"已经深入人心了。

然则真的只看颜值吗?自然不是。《源氏物语》第四回《夕颜》有"不解情趣的山农野老,休息时也要选择美丽的花木荫下"之语,第六回《末摘花》中写源氏公子看到(松树上的)"白雪纷纷落下,正有古歌'天天白浪飞'之趣。源氏公子望着,想道:'不须特别深解情趣的人,只要普通一般程度的对象,也就好了。'"第一回出现"冥顽无知之人",到第六回陆续出现了"不解情趣""特别深解情趣"的说法。

第七回《红叶贺》中有这样一段:

高高的红叶林荫下，四十名乐人绕成圆阵。嘹亮的笛声响彻云霄，美不可言。和着松风之声，宛如深山中狂飙的咆哮。红叶缤纷，随风飞舞。《青海波》舞人源氏中将的辉煌姿态出现于其间，美丽之极，令人惊恐！插在源氏中将冠上的红叶，尽行散落了，仿佛是比不过源氏中将的美貌而退避三舍的。左大将便在御前庭中采些菊花，替他插在冠上。其时日色渐暮，天公仿佛体会人意，洒下一阵极细的微雨来。

源氏中将的秀丽的姿态中，添了经霜增艳的各色菊花的美饰，今天大显身手，于舞罢退出时重又折回，另演新姿，使观者感动得不寒而栗，几疑此非人世间现象。无知无识的平民，也都麇集在树旁、岩下，夹杂在山木的落叶之中，观赏舞乐；其中略解情趣的人，也都感动流泪。

这一回出现了"无知无识"和"略解情趣"之语。

有个成语"哀感顽艳",这里的"无知无识",另一个版本翻译成"不懂得艺术之好赖",当归于"顽"。第一回的"冥顽无知"(虽然是命妇自谦)、第四回的"不解情趣",自然同归于"顽"。第六回的"特别深解情趣"自然是"艳"了。而"普通一般程度"就是"略解情趣",开始从"顽"向"艳"方向去了。

"哀感顽艳",虽然常用,但有时被当作"哀艳"之意而误用,有时语法上似是而非,令人怀疑用者是怀着"以己昏昏,使人昭昭"的糊涂想头。

查《词源》,"哀感顽艳"条解释如下:

《文选·三国魏·繁休伯(钦)与魏文帝笺》:"咏北狄之遐征,奏胡马之长思,凄入肝脾,哀感顽艳。"本指辞旨凄恻,使顽钝和美好的人同样受感动。后来评论艳情作品,多用此语,与原意不相同。

出处是《昭明文选》中选载的繁钦《与魏文帝笺》,是

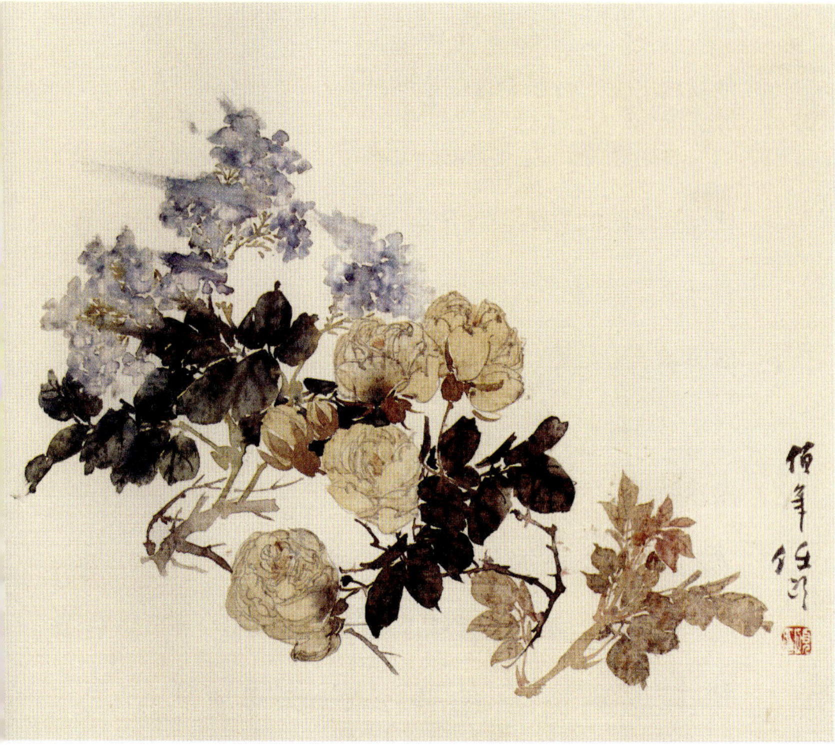
伯年任頤

魏晋建安时期文学家繁钦写给曹丕的一封信,用来描写他发现的一个音乐奇才的演唱技艺。

哀感顽艳,当头就是一个"哀"字。哀字怎么讲?繁钦在这封信的前面已经用到"哀"字——"潜气内转,哀音外激",顾随读解:"'哀',感人也。魏晋六朝人用'哀'即感动人心之意。"(《中国经典原境界》)所以,哀,并不是"悲哀",也不全是"凄恻",本身就是"感动人心"的意思。

顾随对"哀感顽艳"解说得斩截、明白:

五臣注:"顽钝艳美者皆感之。"(顽钝,愚;艳美,智。)"感均顽艳"一语,由"哀感顽艳"来。"凄入肝脾,哀感顽艳","哀"对"凄","入"对"感"而言,"肝脾"对"顽艳"。句子有并列的、开合的,"肝"、"脾"并列,"哀感"、"顽艳"是开合的。繁钦之意,艳美者必聪明(艳,聪明之意)。近代出版物"哀感顽艳"讲成形容词,绝不可如此讲。(《中国经典原境界》)

这就是了。原来难理解处在于：顽，顽钝，愚笨，无知无识，是智力方面的事，其对立的另一头，怎么会是与智力、心灵无关的"艳"——说起外貌来了？原来，古人认为"艳美者必聪明"，于是，"艳"就兼了"智"的意思。"艳"：容貌好看，聪明，灵透，"特别深解情趣"。

"艳美者必聪明"这种天真而有趣的认识，我曾经听到过类似的观点。我在日本留学的时候，因是自费留学，曾在一家代理时装品牌经营权的公司J·M·S打小时工（每周不定时地去几次，做一些复印资料、合同整理、会议准备的简单工作，用那里的"时给"交学费），J·M·S的会长素野哲就在公司里说："美人才有好性格。"为什么？他认为：因为美人长得好看，从小被呵护、被善待，于是就开朗就善良，性格就好。在部下职员的反驳之后，他修正了一下："有一些原来长得不那么显眼的，如果性格好，也会渐渐变成美人的。最后，终究还是——美人才有好性格。"至今记得他手拿烟灰缸，笑模笑样，从他屏风后面的"会长单间"走出来的样子。愿他在天上平安快乐。

繁钦认为艳美者必聪明,杜甫认为"潇洒美少年"足可成为一个人的最大特点,日本人素野哲认为美女必有好性格,这里面有一条跨越古今中外的价值观金线:颜值不仅仅是颜值,也是心灵、人品、智商、灵性、格调的证明与外化。

至于是先外表好看然后聪明,还是先内在聪明然后使外表好看,古人没有说清楚,似乎也无心辨析。如果不是心理学上所谓的马太效应,那么就是一种天真的乐观:美好外表和内在是统一的,美艳者必聪明,聪明者必美艳,所以,用一个"艳"字就代表了从外表到内在的美好与优秀。

看上去都是看重颜值,但古人的"艳美者必聪明"和今天的"颜值即正义"还是有很大的不同。今天的"颜值即正义",是只要长得好看、身材好,就不需要丰富的内心、才华和踏实的努力和长期的积累，只要好看，就能靠脸吃饭，一俊遮百丑。而在古人的心里，是不会认可单纯的颜值的。脸蛋也好，身材也罢，皮囊悦目自然是好的，但并不算真正的"艳"。

顾随解释繁钦认为"美艳者必聪明"，解了为何用"艳"代替"智"的疑惑，但"艳"的含义似乎还未完全说出来。哀感顽艳的艳，是聪明，但不同于平日学以致用、仕途经济的实用型聪明，而主要是有感受力、有悟性，有灵心，就是紫式部所谓的"特别深解情趣"。而"冥顽无知"，并不是指什么都不懂都不会，而主要是说缺乏灵性、"不懂艺术之好坏""不解情趣"。所以，哀感顽艳的意思揉碎了讲，就是：感动人心达到了这样的程度——从冥顽无知、不解情趣的人到美好灵秀、特别深解情趣的人，都被打动了。

说"艳"，很容易想到"美人"、"佳人"、"君子"。

顾随讲《诗经》时说——

《君子偕老》所写是理想的、标准的女性——美女；《淇奥》所写乃理想的、标准的男性——君子。

这里似乎是分清性别的，其实不然。顾随也马上说——

> 中国"三百篇"、《离骚》所谓美人，不仅是 beautiful，兼内外灵肉而言，内外如一乃灵肉调和的美，兼指容貌德性。

讲《邶风·简兮》"云谁之思，西方美人"，顾随明确说："西方美人"之"美人"，"三百篇"、楚辞兼之两性而言，不限女性。

所以，"艳"兼"智"，是内外如一、灵肉调和；美人（佳人），也兼指容貌德性。既然如此，自然兼指两性，不独女性专用。

现在常说"英雄美人"，在过去，很多时候英雄就是

"美人"。"美人""佳人"兼指男女，诗三百、楚辞之后依然很常见。

"洞房昨夜春风起，遥忆美人湘江水"（岑参《春梦》），这里的"美人"是男是女？正如沈祖棻所说：如果岑参是写自己的梦，那么，这位美人就是女性；如果是代某一位女性写梦，那么这位美人就是男性了。

刘禹锡的《柳枝词》"曾与美人桥上别，恨无消息到今朝"，也是相似的情况，性别待定。

李白的《早春寄王汉阳》中"碧水浩浩云茫茫，美人不来空断肠"，这里的"美人"，则明确是男子，而且就是指思念中的友人、一位王姓的汉阳县令，即下文"预拂青山一片石，与君连日醉壶觞"的"君"。

苏轼《千秋岁·重阳徐州作》中有"美人怜我老，玉手簪金菊"之句，这里往苏东坡头上插金菊的，是美丽的姑娘。辛弃疾化用苏意，就有了"有玉人怜我，为簪黄菊"（《满江红·倦客新丰》）之句，这里为辛弃疾戴花的"玉人",也是美丽的姑娘。

但辛弃疾的"美人""佳人"经常是男性。《雨中花慢》词开头三句是:"旧雨常来,今雨不来,佳人偃蹇谁留?"词人思念的"佳人"为谁?词序曰:"登新楼,有怀赵昌父、徐斯远、韩仲止、吴子似、杨民瞻。"因此"佳人",绝非某个女子,亦非泛指品德高尚的男子,而就是词序中提到的诸好友。

《贺新郎·把酒长亭说》是辛词佳作,序曰:"陈同父自东阳来过余,留十日。与之同游鹅湖,且会朱晦庵于紫溪,不至,飘然东归。既别之明日,余意中殊恋恋,复欲追路。至鹭鸶林,则雪深泥滑,不得前矣。独饮方村,怅然久之,颇恨挽留之不遂也。夜半投宿吴氏泉湖四望楼,闻邻笛悲甚,为赋《贺新郎》以见意。又五日,同父书来索词,心所同然者如此,可发千里一笑。"

词曰:

把酒长亭说。看渊明、风流酷似，卧龙诸葛。何处飞来林间鹊，蹙踏松梢微雪。要破帽多添华发。剩水残山无态度，被疏梅、料理成风月。两三雁，也萧瑟。　　佳人重约还轻别。怅清江、天寒不渡，水深冰合。路断车轮生四角，此地行人销骨。问谁使君来愁绝？铸就而今相思错，料当初、费尽人间铁。长夜笛，莫吹裂。

因为有详细的词序，"佳人重约还轻别"的"佳人"指陈亮（字同父）毫无疑问。这里的"佳人"，刘扬忠先生注为"品貌端庄、才华出众的人。指陈亮"（刘扬忠评注《辛弃疾词》），朱德才先生注为"指陈亮"（朱德才选注《辛弃疾词选》）。其实可以简单地说，在赠答诗词中，如果以"佳人""美人"用来指对方，那么涵义几乎就等于"您"。

古诗词中的"美人""佳人"至少有以下涵义：1.美丽

的人。2.有才华的人。3.品貌端庄的人。4.思慕、怀想中的人。(以上皆为兼指男女)5.理想中的女子。6.品德高尚的男子。7.特指至交或至亲,相当于您、你们。

"艳"、"美人"、"佳人"、"君子",都是一样的标准,要求人的美好达到内外如一、灵肉调和,外表美,品德高,有智慧,有才华,解情趣。

很多年前在评书里听到一句"见高人不服有罪",心里一惊,民间的朴素智慧,对我当时年少无知的内心来了一次棒喝,以至于到如今重读《源氏物语》的时候,看到书中的人物纷纷仰慕源氏,不由得想:对待源氏这个非同寻常之人,"见高人不服"的"罪",他们是不沾染一丝一毫了。

《红楼梦》里宝玉第一次出场,也说了一句很重要的话——

(宝玉)摘下那玉,就狠命摔去,骂道:"什么罕物！人的高下不识，还说灵不灵呢！我也不要这劳什子！"

因为"人的高下不识"，通灵宝玉就被宝玉判定不"灵"，就从"命根子"变成"劳什子"，而且要马上摔掉它。

曹雪芹的价值观在这里开宗明义了：识人之高下，有多么重要。一部《红楼梦》，就是一个"识人"的作家在告诉后人：世界上曾经有过这样的"美人""佳人"，我和他们相遇过，我不忍心这些"艳""美"随我的生命消失而湮没，所以我记录下来，让你们也得以和他们相遇。但你们，可"通灵"？可识得"人的高下"？

"人的高下"不容易说。"顽"、粗陋愚笨、不解情趣自然是"下"，但还有等而下之的"下之下"，还有深渊般的深不可测的"极下"，如张竹坡点评《金瓶梅》所说"黑黢黢的怕人"；而"艳"、"美人"、"佳人"、"君子"，自然是"高",而且因为内心丰富,深解情趣,一生的宽度和深度也自不同。

一个人,内外兼修,成为"美人"、"君子"、"佳人","特别深解情趣",果然是"艳"。若再"识人的高下",便是极"艳",再无缺憾了。那样的境界,仅仅谈论都令人愉快。

每一片落叶、每一瓣残花都被看见

盛唐诗歌的底子,是满的,完好的,光彩的,响亮的,是一种『完全美』,而到了中唐,『落叶满空山』,诗歌总体转向了冷瘦、枯寂、黯淡、简素、幼拙、静谧,是一种残缺之美和枯淡之美。

到晚唐,颓伤到底了,视线渐渐自带微焦距,每一片落叶的叶脉,每一瓣残花上半褪的颜色和夜露晨霜的痕迹,都被放大到无比清晰。

每一片落叶、每一瓣残花都被看见

人的一生,常会对某个故乡以外的地方有难以解释的乡愁。对我来说,第一个就是南京。而南京和秋天是绝配,如果秋天到南京,就会在抚慰旧乡愁的同时,又种下新的乡愁。

南京的秋天,美得令人觉得一切释然如愿。单说紫金山南麓,明孝陵、中山陵、美龄宫一带,树叶从空中到地上,上演着一年落幕之前的优美的安可。优美的事物常常缺乏力量,但是南京的秋天,树叶们的安可声势浩大。道路两旁的地面上,到处是厚厚的落叶,依落下的顺序而有颜色、干湿和蜷曲程度的不同,一幅秋意图,层层叠叠一丝不苟。"落叶满空山,何处寻行迹?"若不是秋天到南京,大概不能体会这十个字的妙处。空山独行,走着走着,人也空了起来,觉得人与落叶也没有什么分别,随时可以和落叶们混在一起,渺小地、宁谧地、安心地嵌进大山的任何一条微不足道的缝隙里。

诗读到中唐,就像走进这样一座秋山。树枝上、空中、地上,都在上演秋天的离别大剧,满目的黄叶和枯叶,温暖和湿润已经不再,而秋日已斜,光线暗淡,整个世界分外萧瑟,秋气扑面。人渺小而茫然,继而有一种接受一切的静定。

刘长卿笔下经常落叶纷纷:"孤云飞不定,落叶去无踪"(《洞庭驿逢郴州使还寄李汤司马》)"十年犹去国,黄叶又纷纷"(《秋日夏口涉汉阳献李相公》)"荒村带返照,落叶乱纷纷"(《碧涧别墅喜皇甫侍御相访》)"欲扫柴门迎远客,青苔黄叶满贫家"(《酬李穆见寄》)"寂寂江山摇落处,怜君何事到天涯"(《长沙过贾谊宅》),"惨惨天寒独掩扉,纷纷黄叶满空庭"(《过裴舍人故居》)。

而杜甫,由盛唐步入中唐的大诗人,他用两句气势非凡的诗句说出了他的环境和内心:"无边落木萧萧下,不尽长江滚滚来。"(《登高》)"不尽长江滚滚来",是不妥协,不放弃,是不屈,但毕竟,整个时代已经是"无边落木萧萧下"了。——在这里,个人意志和时代的气数、命运的悲哀像两剑对击,铮然一声。

"无边落木萧萧下"的时代,其他诗人,是如何敏感于黄叶和落叶的呢?

钱起:"鹊惊随叶散,萤远入烟流。"(《裴迪南门秋夜对月》)"落叶寄秋菊,愁云低夜鸿。"(《宿毕侍御宅》)

贾至:"枫岸纷纷落叶多,洞庭秋水晚来波。"(《初至巴陵与李十二白裴九同泛洞庭湖三首·其二》)

郎士元:"暮蝉不可听,落叶岂堪闻?"(《盩厔县郑礒宅送钱大》)

司空曙:"雨中黄叶树,灯下白头人。"(《喜外弟卢纶见宿》)"雨后绿苔生石井,秋来黄叶遍绳床。"(《题暕上人院》)

韦应物:"落叶满空山,何处寻行迹?"(《寄全椒山中道士》)"窗里人将老,门前树已秋。"(《淮上遇洛阳李主簿》)

卢纶:"白云当岭雨,黄叶绕阶风。"(《和考功王员外杪秋忆终南旧居》)"绿萍藏废井,黄叶隐危堤。"(《客舍苦雨即事寄钱起郎士元二员外》)"夜露湿苍山,秋陂满黄叶。"(《秋中野望寄舍弟绶兼令呈上西川尚书舅》)

韩愈:"落叶不更息,断蓬无复归。"(《落叶送陈羽》)

白居易:"树初黄叶日,人欲白头时。"(《途中感秋》)"西宫南内多秋草,落叶满阶红不扫。"(《长恨歌》)"落叶声策策,惊鸟影翩翩。"(《秋月》)"飘零同落叶,浩荡

似乘桴。"(《东南行一百韵寄通州元九侍御澧州李十一》)

贾岛:"秋风生渭水,落叶满长安。"(《忆江上吴处士》)

关于中唐的诗人,章培恒、骆玉明主编《中国文学史新著》认为:"在不同程度上存在着与群体疏离的倾向,以及由此派生的惆怅、寂寞和哀愁。……他们对于作为群体代表,但经过安史之乱日益暴露其腐朽无能的唐政权深为失望,而唐政权同时又是社会秩序的象征和支柱,他们当然不能站在它的对立面。于是,在依附唐政权的同时,又保持着某种内心的孤寂。"

唐代,正如日本人气贺泽保规书名那样,是"绚烂的世界帝国",盛唐的建功立业的热望、飞扬潇洒的意气,自然是元气充沛的;但中唐之后,"绚烂的世界帝国"的太阳西斜,繁华落幕,光明远遁,宦官专权,藩镇跋扈,朋党相争,边患四起,整个社会危机四伏,读书人陷入无路无依无望之境。

大时代的光荣和飞扬过去了,虽然迷茫,虽然孤寂,但是喧嚣也过去了,肃杀的秋天来了,不但浪漫的繁花,连欲望的树叶也纷纷凋零,生命的本质露出了萧瑟而瘦劲的枝条,但同时也摆脱了时代大氛围的挟裹,生命意识和自我意识开始抬头,开始不向外求,转而向内心观照。这时,每一片落叶都变得意味深长——春和夏过去了,但作为这一片叶子,唯有这个秋天属于它了,因为大秩序的恒久无情,即使是末世的这一刻,仍然是可宝贵的。固然是失落无奈,固然是万般不如意,仍然是值得珍视的此刻此际。于是,每一片落叶都因为独一无二、稍纵即逝而被凝视。落叶从未这样被看见和投射感情,因为诗人们觉得自己就是一片落叶。

个体和群体疏离,四野荒寒,天地苍茫,精神视野和诗境固然相应变得狭小,但生命个体及其内心细微的皱褶都被看见了。

寄托个体化情感的,除了落叶,还有落花。

有研究者认为,白居易是写落花最多的诗人,比如

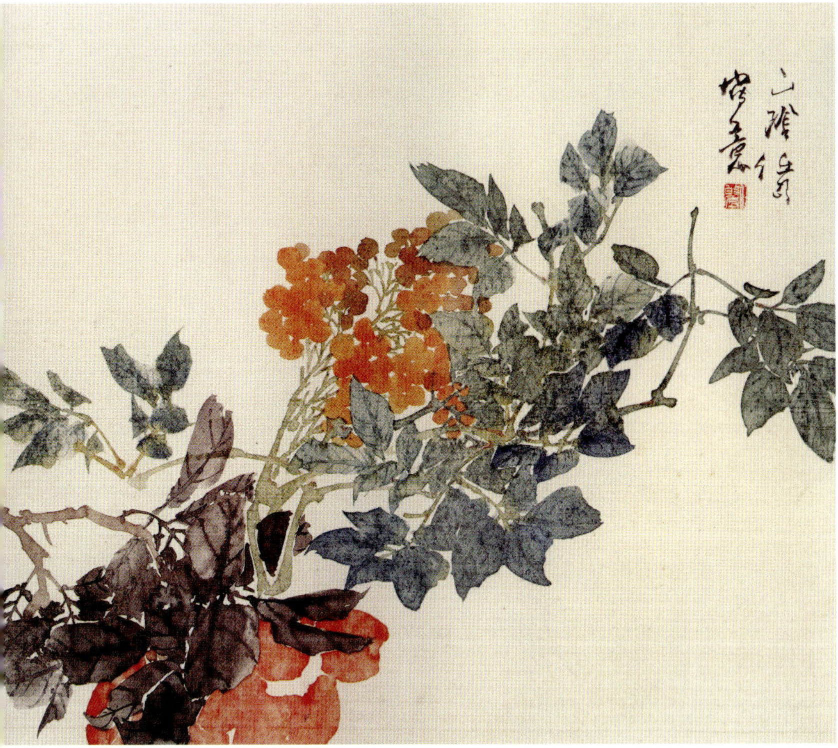

这首《落花》：

留春春不住，春归人寂寞。

厌风风不定，风起花萧索。

既兴风前叹，重命花下酌。

劝君尝绿醅，教人拾红萼。

桃飘火焰焰，梨堕雪漠漠。

独有病眼花，春风吹不落。

以及《惜落花赠崔二十四》：

漠漠纷纷不奈何，

狂风急雨两相和。

晚来怅望君知否？

枝上稀疏地上多。

还有这首《惜落花》：

夜来风雨急，无复旧花林。

枝上三分落，园中二寸深。

日斜啼鸟思，春尽老人心。

莫怪添杯饮，情多酒不禁。

此外，他的诗中还出现诸如"落花无限雪"，"匡床闲卧落花朝"，"朝踏落花相伴出"，"相扶醉踏落花归"，"落花如雪鬓如霜"，"落花不语空辞树"，"落花何处堪惆怅"这样的句子，白居易写落花的诗和句子大多浅近直白，算不上好诗，但足以证明他非常敏感于落花。白居易深切体会到仕途风波险恶、人心反复难测，经常饮酒以求"万念千忧一时歇"，本来应该为免影响心情而不留意落叶、落花才对，但是诗人终究是诗人，他不能不敏感于落叶和落花。这种敏感所流露的，有对容易消失的美的珍惜和惋惜，以及由花及人的伤感和叹息，但有时候似乎也有几分他自己所说的"时事方扰扰，幽赏独悠悠"的置身事外。在困境之中，这种抽离和隐逸的倾向，往往是智者的一种自我保护。

到了晚唐，整个社会百孔千疮，江河日下的时局和完全无望的生涯，使得"落花"更加成了诗中重要的意象："落花惆怅满尘衣"（赵嘏《南园》）、"水面风回聚落花"（张蠙《夏日题老将林亭》）、"多情只有春庭月，犹为离人照落花"（张泌《寄人》）、"落花犹似坠楼人"（杜牧《金谷园》）……

看看晚唐诗坛的灵魂李商隐。他有一首《落花》：

> 高阁客竟去，小园花乱飞。
> 参差连曲陌，迢递送斜晖。
> 肠断未忍扫，眼穿仍欲归。
> 芳心向春尽，所得是沾衣。

另有一首《花下醉》:

> 寻芳不觉醉流霞,
> 倚树沉眠日已斜。
> 客散酒醒深夜后,
> 更持红烛赏残花。

在这里,出现了触目惊心的"残"字,怜惜和眷恋的对象是"残花"。

傅庚生先生曾评南唐中主李璟《山花子·菡萏香销翠叶残》(此词牌通常作《摊破浣溪沙》)曰:

> 意以为全阕固脉注于一"残"字耳。"菡萏香销翠叶残",是荷残也;"西风愁起绿波间",是秋残也;"还与韶光共憔悴,不堪看",是人在残年对残景,

> 诚然其"不堪看"也。……"细雨梦回鸡塞远",是梦残也;"小楼吹彻玉笙寒",是曲残也;人在残年感已多,"多少泪珠何限恨",矧更"倚阑干"对此残景乎?(《中国文学欣赏举隅》)

这番心领神会,正可移来说李义山《花下醉》:全诗固脉注于一"残"字,第一句是酒残,第二句是昼残,第三句是宴残,第四句是春残,落魄残魂的诗人,哪堪"持红烛"对此残景乎?

章培恒、骆玉明主编《中国文学史新著》中,由张祜《平原路上题邮亭残花》之"云晦山横日欲斜,邮亭下马对残花"句联想到李商隐的"更持红烛赏残花",认为:"晚唐诗人对残花的兴趣似乎超过前人。"这份审美意趣的敏感,可谓诗心一脉遥遥相通。

确实如此,除了"更持红烛赏残花",李商隐还不止一次写到残花:"残花啼露莫留春,尖发谁非怨别人"

(《残花》),"细草翻惊雁,残花伴醉人"(《离席》),还有更著名的一句是:"东风无力百花残"(《无题》)。

其他诗人的笔下也残花明灭——"落日已将春色去,残花应逐夜风飞"(李昌符《三月尽日》);"残花不一醉,行乐是何时?"(杜牧《途中作》);"秋风郡阁残花在,别后何人更一杯"(杜牧《送赵十二赴举》);"还似墙西紫荆树,残花摘索映高塘"(韩偓《旧馆》)……

我觉得,晚唐诗人不仅对"残花"特别有兴趣,他们对所有残缺、衰残、颓败的事物都特别感兴趣——

司空图:"他乡处处堪悲事,**残照**依依惜别天。"(《长命缕》)

张祜:"**残霞**昏日树苍苍。"(《题弋阳馆》)"**残红**长绿露华清。"(《华清宫四首其四》)

李涉:"**残骸**已废自知休。"(《硖石遇赦》)

段成式:"**残阳**择虱懒逢迎。"(《呈轮上人》)"**残日**黄鹂语未休。"(《嘲飞卿七首其四》)

杜牧："雨暗**残灯**棋散后。"（《齐安郡晚秋》）"月过楼西桂**烛残**。"（《瑶瑟》）

李商隐："**残灯**向晓梦清晖。"（《梦令狐学士》）"**残宵**犹得梦依稀。"（《春雨》）"回头问**残照，残照**更空虚。"（《槿花二首》）

赵嘏："**残星**几点雁横塞，长笛一声人倚楼。"（《长安晚秋》）

韩偓："**残梦**依依酒力馀。"（《春恨》）

……

境界自然是狭小了，光线自然是黯淡了，温度也越来越低，但也不是完全没有带来有价值的变化。那便是：春天的丰饶多变和夏天的热烈喧闹都已经过去，整个时代的热血冷了，世界和心境都呈现了一种萧疏冷静，繁华落尽，天地的无情、命运的残缺、人世间的缺陷开始显露本相，残酷、寒冷而坚硬。但同时，不再有激情的眼泪模糊视线，寒冷同时带来了清冷的理性，提醒了宇宙的秩序，人猛然意识到了生命只在并不如意的此时此际，于是，每一片黄叶都被看见，每一瓣残花都被爱惜。

当代作家黄佟佟谈她的长篇小说《头等舱》时这样说七十年代出生的一代人的心态："人生到这个阶段，是彻底明白了其中的悲凉和虚无，但好在，也是彻底接受了，于是，悲中带静，自有一种硬扎。"除了不一定"硬扎"，中唐诗人的心情和意绪，和这种"人到中年"的心态是颇为相近的。

气贺泽保规在《绚烂的世界帝国：隋唐时代》中说："相对于盛唐时期具有个性的诗作而言，日本更喜欢中唐时期的诗歌。"他举的例子是白居易，"特别是在日本，白居易的诗歌有很大的影响。"也曾听了解日本文化的学者、作家说过，在日本，最广为人知的唐诗人是白居易。在电影《寻访千利休》中，千利休和他初恋的高丽贵族女子语言不通，只能用书写汉字来"对话"，在逃亡失败的生死关头，高丽女子用笔写出了白居易诗句"槿花一日自为荣",进行了两个人一生中最后也是最重要的交流。这个情节应该不是没有依据的脑洞大开,因为白居易诗确实很早就在朝鲜半岛和日本广为流传。

以白居易为代表的中唐诗歌比较平易、浅近、朴直,感情相对单纯,所以更符合日本人的审美习惯——我本来是这样认为的。

但最近轮换着读唐诗宋词和日本茶道花道的书,觉得事情也许没有那么简单。千利休给了我很大的暗示,他曾经再三重复藤原定家(镰仓前期歌人,1162—1241)的短歌:

> 茫茫四顾,
> 花死,叶亡。
> 苫屋在这岸边,
> 独立暮光秋色。(谷泉译)

和中唐诗歌的底色何其相近！而在日本，这种氛围便是典型的"侘寂"。

侘，是豪华、艳丽、丰满、繁琐的对立面，寂，是崭新的对立面。侘寂，是以对无常的深刻认识为基础、接受渐渐消逝的生命的哲学意识，更是以接受短暂、残缺、不完美为核心的日式美学。

盛唐诗歌的底子，是满的，完好的，光彩的，响亮的，是一种"完全美"，而到了中唐，"落叶满空山"，诗歌总体转向了冷瘦、枯寂，黯淡、简素、幼拙、静谧，其实正与"侘寂"暗合，宜乎更得日本读者的喜爱。如果从"侘寂"美学的角度来看，中唐诗残缺之美和枯淡之美是比盛唐诗的"完全美"更加上品、更加高贵的。（明乎此，看到《绚烂的世界帝国：隋唐时代》列举的中唐代表诗人是：韦应物、韩愈、白居易、张籍、元稹、柳宗元、李贺、薛涛，偏偏没有最富盛唐气质、英迈旷达的刘禹锡，也就不奇怪了。）

中唐的残缺之美和枯淡之美，固然在日本赢得了更充分的赏音，而在中国，诗歌自有其命定的轨迹。

到晚唐，颓伤到底了，视线渐渐自带微焦距，每一片落叶的叶脉，每一瓣残花上半褪的颜色和夜露晨霜的痕迹，都被放大到无比清晰。因为，这样细微的残缺的美终究也是美，也是希望和柔情残存的痕迹，甚至，这样的审美，是此生可以自由选择的仅有的事情。你说天会塌下来？天早晚会塌下来的，让它塌吧，谁说我不可以继续凝望面前这朵花？不，和我的命运一样，已经不是完好的一朵，而是残败的几瓣，正因为如此，我要格外珍惜地欣赏。

对残花都如此兴味十足地重视，自然不会不重视容颜姣好的妙龄女子以及她们的香闺，不会不重视似梦似幻的惊鸿一瞥以及倾心相许却未必能相守的爱情。

世事如此无常，本已充满缺陷的生命还如此脆弱短暂，所以有什么理由不万分珍惜局部的细微的美丽，有什么理由不极尽细腻地描摹迷人女子的风姿、风情和风神？更有什么理由不近乎耽溺地抒写男女爱恋的缠绵悱恻和缱绻旖旎？写，而且要当成人生最重大的事情去写。于是精致雕琢、深婉绮艳的诗风自然出现。这就和"佗寂"大相径庭了。

顾随说："晚唐人最能欣赏自我。"确实，晚唐诗人的关注对象从社会转向了自身，强调个体、重视心灵、珍惜情爱。于是，从晚唐的纷纷落花之中，秀出了一往情深、精丽凄艳的李商隐和温庭筠，还有此后任性大胆、艳而有骨的韩偓。

于是有了香奁体，于是有了花间词派。而任情唯美的五代词和惊动千古的宋词，已经在前面不远处等候了。

（发表时原题为《每一片落叶都被看见》）

浅情世间，奈何深情

晏氏父子都是「多情之人」，只不过小晏执着于本心，追求个性自由，一往无前地追求个人情感，不避耽溺，不求解脱；而大晏是理智的人，必定寻求克制和觉解，于是保持了一种闲雅风度和进退有度、现世安稳的平衡。

浅情世间,奈何深情

前一阵看电视剧《清平乐》,里面北宋文学家、政治家晏殊有两个细节令我难忘,一个是他在雨中吟"酒醒人散得愁多",一个是他被贬出京城的时候,只带着一个儿子小七,来送行的韩琦说:晏相公一定是看小七天资过人,才不舍得假手他人,要亲自教他。晏殊说:我确实偏爱小七。他不爱读什么经国治民的文章,喜习六艺,尤爱乐府,有些奇妙心思,偶得一二佳句。我忍不住独自点头:是啊是啊，这个儿子，自然要另眼相看的。若是思及他后来的凄苦生涯，此刻更应该让他在父亲身边，多得些疼爱。

晏殊（991—1055），字同叔，抚州临川（今江西临川）人。自幼聪慧，十四岁以神童召试，赐同进士出身，真宗时即受器重，仁宗时更受宠遇，是仁宗朝著名的宰相。晚年曾一度外放，后以疾归京，留侍经筵——仁宗让他每五天一次为自己讲经释义（一说类似于顾问），仍按宰相规格对待他。六十五岁病逝，谥"元献"。所以，晏同叔、晏元献，都是后人用来称呼晏殊的。晏殊是太平宰相，喜宴饮，爱酬唱，奖掖人才，范仲淹、富弼、欧阳修等俱出其门。作为文学家以词著，与欧阳修并称"晏欧"。有《珠玉词》一卷，存词139首。他特别喜欢南唐词坛大家冯延巳，风格上受其影响。"晏元献公……风流蕴藉，一时莫及；而温润秀洁，亦无其比"（王灼《碧鸡漫志》），"词风雍容闲雅，温润秀洁，和婉蕴藉，耐人品味"（刘乃昌、朱德才《宋词选》），"其主导风格是舒徐沉静，雍容典雅"(刘扬忠《宋词十讲》),大致说出了晏殊的风格。

他偏爱的这个"小七",就是后来的大词人晏几道。晏几道,字叔原,号小山,晏殊第七子。贵人暮子,亲历家道中落、华屋山丘,沉沦下位,提前引退,落拓一生。善作小令,多记情缘离合、昨梦前尘。有《小山词》一卷,存词二百六十余首。晏氏父子,后来被称作"二晏",并和南唐二主李氏父子(李璟、李煜)相提并论。

大晏,小晏。珠玉词,小山词。在许多人中间,这像是暗号,耳语般说出,便可交换彼此的审美趣味和心灵秘密。

读书时代,晏殊给我的印象却像一个含蓄温和而不苟言笑的老教授。其文字确实"珠玉",但他太气定神闲了,始终有分寸,这样的人,你在敬重他的同时,在感情上很难和他接近。为什么是一个"老教授"? 因为王国维。他在《人间词话》里,将大晏名句"昨夜西风凋碧树，独上高楼，望尽天涯路"拟喻为"古今之成大事业、大学问者，必经过三种之境界"中的"第一境"，而这番话，从中学到大学，我实在听了太多遍，以至于把王国维和晏殊都一例当成了一个给我上课的老教授，我对他们保持着昏昏欲睡的敬意。现在想起来，那个时候，词人晏殊审美的车驾是被学者王国维带到沟里了——学问的深沟。这也许是学者主观上激赏、客观上"祸害"作品的一个典型个案。

而小晏，这个现实版的贾宝玉，这个词坛美少年，是多么"动摇人心"（黄庭坚语）啊。在他的世界里，似乎爱情是唯一有意义的事情，他在爱情中真是披肝沥胆，写来深情激荡，少年时读来，不但比大晏过瘾，而且足以满足偏于伤感、略带自虐的爱情幻想。

对小晏，任何评说都只能稀释他的浓烈，还是直接来读他：

临江仙

梦后楼台高锁,酒醒帘幕低垂。去年春恨却来时。落花人独立,微雨燕双飞。 记得小蘋初见,两重心字罗衣。琵琶弦上说相思。当时明月在,曾照彩云归。

鹧鸪天

彩袖殷勤捧玉钟,当年拚却醉颜红。舞低杨柳楼心月,歌尽桃花扇底风。 从别后,忆相逢,几回魂梦与君同。今宵剩把银𰯺照,犹恐相逢是梦中。

阮郎归

旧香残粉似当初,人情恨不如。一春犹有数行书,秋来书更疏。 衾凤冷,枕鸳孤,愁肠待酒舒。梦魂纵有也成虚,那堪和梦无。

鹧鸪天

小令尊前见玉箫,银灯一曲太妖娆。歌中醉倒谁能恨,唱罢归来酒未消。　　春悄悄,夜迢迢,碧云天共楚宫遥。梦魂惯得无拘检,又踏杨花过谢桥。

鹧鸪天

醉拍春衫惜旧香。天将离恨恼疏狂。年年陌上生秋草,日日楼中到夕阳。　　云渺渺,水茫茫。征人归路许多长。相思本是无凭语,莫向花笺费泪行。

后来不知怎么就丢开了。忽忽二十年。大概是前年,无意中重读了一首:

阮郎归

天边金掌露成霜。云随雁字长。绿杯红袖趁重阳。人情似故乡。兰佩紫,菊簪黄。殷勤理旧狂。欲将沉醉换悲凉。清歌莫断肠。

音韵之美,令人忍不住连读几遍,真是唇齿留香。发现小晏并不一味哀怨幽峭,和大晏比我印象中的更相像:清丽深婉,有一种独特的大方;同时也更不相像:他浓烈,飞扬,跳跃,略带不羁之感。他把晏殊调和起来的两端:明净和哀愁,同时向两极推进了,因此更富于张力。前人评价他"造诣又过于父"(夏敬观《吷庵词评》),不是完全没有道理的。

于是重读了小山词。发现晏几道其人其词,其实只探究了一件事:在浅情世间,一个人如何深情地活着,活到底?正如晏殊,其实在反复证明:在变动不居、本质上无序的世间,一个敏感的人可以始终平衡地生活。而这父子两个，最大的相通之处是：以一种诗性的敏感，探寻审美化人生，叩问人生本质、时间本质。

当然，大晏的关键词是平衡，是闲雅，是风度。小晏的关键词是深情，是痴绝，是天真。

晏几道不谙世故，率性天真，因此他的词感觉锐，推进快，表达上常常激越。比如喜欢用"拚"字："当年拚却醉颜红"（《鹧鸪天》），"佳人别后音尘悄，瘦尽难拚"（《丑奴儿》），"才听便拚衣衫湿"（《浣溪沙》），"花不语，水空流，年年拚得为花愁"（《鹧鸪天》），"共拚醉头扶不起"（《玉楼春》），"相思拚损朱颜尽"（《玉楼春》），"难拚此回肠断"（《河满子》）……他还喜欢用"恨"、"恼"、"破"、"断"等。而晏殊，始终保持着合乎身份的分寸感，说他雍容、矜持，不如说他在理智与情感、哲思和感怀之间，一直保持着平衡。

假如晏殊知道儿子后来的境遇连蹇，读到儿子意挚愁浓的词，不知道是什么心情？作为一生安富尊荣的父

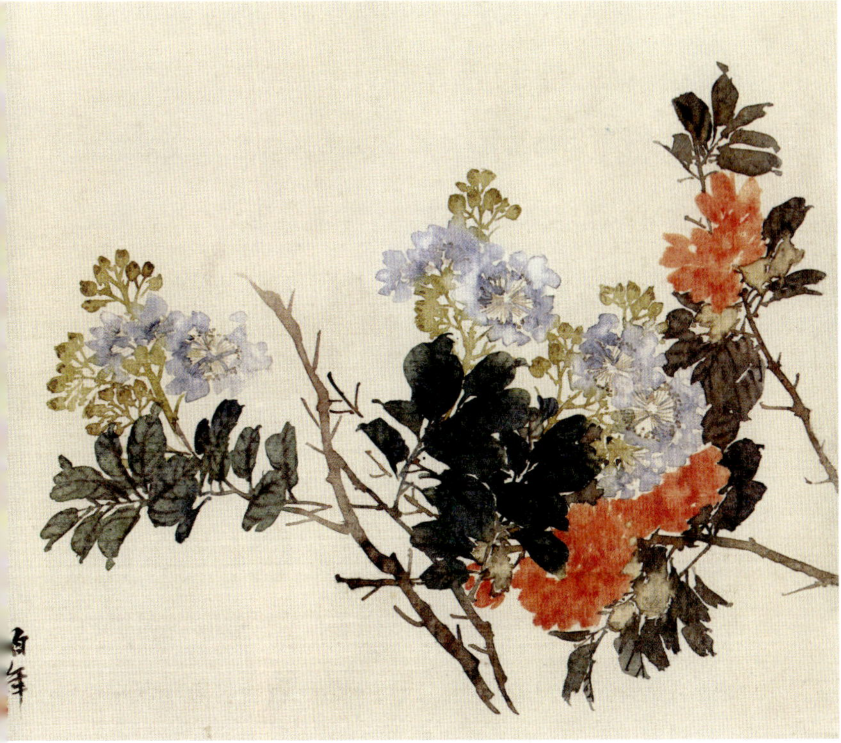

亲,他应该会劝劝儿子吧?但作为文学中人,他也许会百感交集而不知道说什么好。

看到晏几道失落和相思,晏殊应该会说:为父不是早就为你开好了疗伤的药方吗?"满目河山空念远,落花风雨更伤春。不如怜取眼前人。""不如怜取眼前人,免使劳魂兼役梦。"人要把握现在,珍惜自己拥有的,接受不可改变的,要放下。

晏几道回答:父亲,能放下的,还是爱吗?"两鬓可怜青,只为相思老。""若问相思何处歇,相逢便是相思彻。"对我来说,情爱之外,人生还有什么价值?而相思和折磨是爱情存在的证明,极可宝贵,我自甘沉溺其中。

晏殊摇头:痴儿竟还未悟!你这样自苦,也是枉然,你还不懂得这是个怎样的世间。

晏几道淡淡一笑:谁说我不懂?虽说我生来锦衣玉食珠围翠绕,在十七岁父子缘尽、红楼梦破之后,我就懂了;在而立之后,被朋友郑侠牵连下狱之后,我就更懂了；到了后来，当我向上司、也是您曾经的弟子韩维献上了自己的词，却被他全无故旧温情，训斥我"捐有余之才，补不足之德"，我就彻底懂了。

晏殊问：你懂什么了？

晏几道说：欲把相思说似谁，浅情人不知（《长相思》），相逢欲话相思苦，浅情肯信相思否？还恐满相思，浅情人不知（《菩萨蛮》），弹指东风太浅情（《减字木兰花》），飞絮莫无情，闲花应笑人（《菩萨蛮》），只消今日无情（《清平乐》），更谁情浅似春风（《虞美人》），东风又作无情计（《玉楼春》），便是无情也断肠（《南乡子》），未肯无情比断弦（《破阵子》），忍无情、便赋余花落（《好女儿》）……您看看我写了多少遍"浅情""无情""浅情人"，我知道，世间的常态，是"无情"和"浅情"，遇到的大多是用情不深的人，是人生的常态。我活在这样的世间，被辜负、被伤害、被误解、被鄙夷、被放弃是必然的。但是父亲，我天分中生成一段痴情，这是我的本性，我只想由着它,像花一样绽、像水一样流、像风一样吹、像火一样不可阻挡。仅此一次的人生,我想活成我自己。

晏殊问:你生在贵门,很有才华,却过成这样……这是为什么呢?

晏几道:我为我的心。

晏殊沉默了,最后长叹一声,说:你命途连蹇,依然我行我素,就不怕真的落拓一生吗?

晏几道笑了,他唱出了这两句:"尽教春思乱如云,莫管世情轻似絮。"然后说:这两句,在我的词里不算有名,但其实这里面有我一生的心事,或者说,是我的人生宣言。父亲,我知道自己是什么人,我是心里明明白白,清醒地做了这个选择的:我不愿意参加把人的个性和才华格式化的科考,我不愿意去登那些贵人的门、强作笑脸去求他们,我只愿意把自己的大好年华、全部的真心和才华,都留给那些美好的女孩子,哪怕结局永远是"天与多情,不与长相守",我也不后悔。因为真实的欢笑和眼泪，真实的感情，本来就是人生最重要的啊。这样度过一生，是我的命，也是我的幸运。

晏殊沉默了，许久，他说：如此，为父就不劝你了。

当他转身走开、背影就要消失的时候，晏几道突然喊：父亲，我一直以您为骄傲，但您——会觉得我这个儿子不肖吗？

晏殊回头，他的脸上是温和的笑意：你是我的好儿子。做人，你和我一样活得明白，而你的词，写得比我好。

晏几道释然地笑了，同时流下了两行清泪。

被我视作小晏人生宣言的是这首：

玉楼春

雕鞍好为莺花住。占取东城南陌路。尽教春思乱如云，莫管世情轻似絮。　　古来多被虚名误。宁负虚名身莫负。劝君频入醉乡来，此是无愁无恨处。

学者们说:"小山词"的洒脱乃至狂放,其背后的根源,乃是一种追求身心自由的天性。落魄的生涯,多情的品性,与傲然的人格,使晏几道的个人行为颇有逸出常规处。……这种反常规的个性,使其词作也呈现一种不凡的姿态。(章培恒、骆玉明主编《中国文学史新著》)

黄庭坚在《小山词序》里说晏几道有"四痴":"仕途连蹇,而不能一傍贵人之门,是一痴也;论文自有体,不肯一作新进士语,此又一痴也;费资千百万,家人寒饥,而面有孺子之色,此又一痴也;人百负之而不恨,己信人,终不疑其欺己,此又一痴也。"这样的评价,让人想到《红楼梦》评价宝玉的"天下无能第一,古今不肖无双",是似贬实褒,些许无奈中的无限赞叹。第一痴,是说他高洁,不能忍受以人格换取现实利益。第二痴,是说他毫无野心,也不肯违逆自己的天性和审美标准去谋求前程。第三痴,是把钱财都不放在眼里,待人慷慨,自己也花钱如流水。第四痴,是特别善良,心地柔软,永远不会以恶意揣度和防范别人,总是以最大的善意去理解和包容别人,哪怕对方一次次辜负他、欺骗他、伤害他,他也不怨恨不记仇。

其实,晏几道还有第五痴。那就是敏感于女儿家的美,从不知道身份的上下尊卑。那些让他一见钟情、和他情投意合、让他魂牵梦绕的意中人,大部分都不是身份高贵的女子,而是歌儿舞姬这一路人物。但晏几道无限珍惜地记取了她们的美好、和她们相聚的欢乐。我基本同意以下的看法:"在爱情里他很谦卑,和他父亲'不如怜取眼前人'的消遣口吻截然不同。他挣扎,埋怨,痛苦,委屈,重逢的时候又欣喜若狂……也许不这样做,这桩他人生里唯一有意义的事情也就没意义了。宝玉总受丫环们的气,道理也在于此吧。因为'郑重其事',在始终未能完全摆脱'自南朝之宫体,扇北里之倡风'面目的词中,他的深挚是罕有的,完全杜绝了轻佻和狎弄。"(雍容《鲤珠小拾》)是的,晏几道和那些身份绝不高贵的女子之间发生的,不是逢场作戏和风流浮浪,因为他在爱里谦卑。在他眼里,那些女孩子那么美好,那些彼此吸引住目光的瞬间闪着光芒,两心相许、两情相悦是何等神奇而销魂,值得分离之后长久思念长久等待。即使再也不能重逢,曾经有过的时刻也都是毕生的回忆。

真正爱情的标志不是妒忌,而是谦卑,在爱里放下俗世的标准,放下傲慢与偏见,以最本真的一颗心去面对另一颗心。强烈的爱情,往往会让人觉得对方异乎寻常的完美,而多少有些担心自己配不上。晏几道只看到对方的美好,完全看不到双方身份的落差,他的这种超乎现实的内心准则,大约有时候反而会给那些女子不真实、不安全的感觉。或许真的曾经有哪一位女子在他依依不舍的时候,对他说出"此后锦书休寄,画楼云雨无凭"这样"陡"的话,因为他不懂得俗世,也就看不到对方不能自主的处境,没有任何现实的考量,因此一片深情被简单归于青楼的短暂欢娱。

我之所以说基本同意雍容的这段话,是因为我不认同她认为晏殊"不如怜取眼前人"是消遣口吻。"满目河山空念远,落花风雨更伤春。不如怜取眼前人",顾随认为这三句"可为大晏代表,理智明快,感情是节制的,词句是美丽的"。顾随说前两句是希冀将来、留恋过去,第三句是努力现在。"这指给我们一条路。"顾随把这三句和"莫将琼萼等闲分,留赠意中人"一起,当作晏殊对人生"有解决的办法"的证明。

顾随还进一步指出:

> 大晏说"不如怜取眼前人";"不如归傍纱窗,有人重画双蛾",假如"眼前"无人可"怜","窗下"也无人"画双蛾",则"且留双泪说相思"。义山有诗句:"可能留命待桑田。"(《海上》)
>
> 只论"留"字,义山此"留"字与大晏的"留赠

> 意中人""且留双泪说相思"二"留"字同,而义山用"可能"二字是怀疑的;不如大晏,大晏是肯定的,不论成功、失败,都如此做。

所以,大晏绝非"消遣口吻",只是以理智克制着丰富热烈的感情,也是有自己的深情和执着的。当然,大多数时候晏殊无奈和喟叹的是韶光有限、美景难驻、聚少离多、老境易至,带着茫茫时空人生行旅的孤寂和怅惘感;而小晏,义无反顾地把自己的感情和才华全部投入一己情爱,似乎是有了爱情,个人的荣辱得失,天下的兴亡沧桑,不过是心外的浮云。

"人世之因缘际会,忽然邂逅,忽然寂灭,多情之人,辄寄深慨,……均是人间愁种子也。"(傅庚生语)从敏感于离别与失落而言,晏氏父子都是"多情之人",只不过小晏执着于本心,追求个性自由,一往无前地追求个人情感,不避耽溺,不求解脱;而大晏是理智的人,必定寻求克制和觉解，于是保持了一种闲雅风度和进退有度、现世安稳的平衡。

可以说，宰相晏殊必须是现实的，但词人晏殊是另一回事。词人晏殊也是有深情的，他对悲欢离合绝非无所谓，只是和彻底浪漫、纵情任性、可能导致毁灭的激情保持了距离，从而在现实层面和心灵层面都保持了某种智性和诗性的平衡。他的词，在抒发感触的同时，从审美上升到了哲思，从而帮他实现了心理的平衡。这种平衡，落落大方，温和而不失力量，并不容易。

也许不用纠结到底更喜欢大晏还是小晏，我已经无意中做出了"正确"的选择：年轻的时候就喜欢晏几道，陪他凄酸陪他颓丧陪他不顾不管，而到了中年，更多地与晏殊一起，喟然一叹，然后会心一笑。

要平衡的一生平衡，要痴情的痴情到底，求仁得仁，晏氏父子可谓二者俱佳，各行其志。

突然有一种伤心的想象：若是晏几道活在今天，会不会变成"了不起的盖茨比"的中国版?很可能。可也未必。痴情是危险的,但若是一个人痴绝,有时候反倒会绝处逢生。

怎么过都是一辈子,短短的。浅情世间,偏做个深情的人,深情地活到底,此生也就不辜负了。

落落大方的宋,本色当行的词

总觉得欧阳修诗词之妙多少被他文章大家的盛名所掩了。单说一篇《醉翁亭记》，"环滁皆山也"，那些山从课本里便耸立起来，遮住了山外的千里清波。

苏东坡词，"异样出色"，人不能学；周邦彦词，"出色"而不"异样"，回到了词的正格。他有晏殊的闲雅，欧阳修的大方，秦少游的精美，柳永的婉曲，而且——他有规矩，别人可以学。

落落大方的宋，本色当行的词

欧阳修这个名字，对我来说，起码意味这三件事：第一，北宋一代文学家，诗词文皆擅。第二，有眼光，有气度，是他发现和提携了苏东坡。第三，他是一位清放洒脱、活得通透、风雅有趣的人。宋人蔡絛《西清诗话》记载：欧公守滁阳时，在琅琊幽谷筑了醒心、醉翁两亭，还让幕客中一个姓谢的，负责"杂植花卉其间"。这个姓谢的人比较谨慎，打了一份报告，请示种哪些花草和具体品种。欧阳修就在他的"请示报告"空白处以一首诗做了回答:"浅深红白宜相间,先后仍须次第栽。我欲四时携酒去,莫教一日不花开。"《西清诗话》赞叹说:"其清放如此。"

总觉得欧阳修诗词之妙多少被他文章大家的盛名所掩了。单说一篇《醉翁亭记》,"环滁皆山也",那些山从课本里便耸立起来,遮住了山外的千里清波。

欧阳修的诗,其实比他的文要好。比如《戏答元珍》:

春风疑不到天涯,二月山城未见花。
残雪压枝犹有橘,冻雷惊笋欲抽芽。
夜闻归雁生乡思,病入新年感物华。
曾是洛阳花下客,野芳虽晚不须嗟。

在困难处境中,虽有失落和感伤,但仍倔强坚忍,孤立无援,仍在大自然的生机和美好回忆中寻求力量,努力自我宽解。这种欧阳修奠定的心理和写作的双重路径，似为苏轼开先。

欧阳修的词以其别号"六一居士"命名——"六一词"，这是欧阳修文学成就最高的部分。他也是北宋词坛"雅"的一路的代表人物。因为这一路还有晏殊、晏几道父子，而这三人都是江西人，所以后世又将之称为"江西词派"。清人冯煦《宋六十家词选例言》指出："（欧阳修）其词与元献（晏殊）同出南唐，而深致则过之。"他们共同的源头是南唐，而且都学南唐宰相冯延巳，所谓"冯延巳词，晏同叔得其俊，欧阳永叔得其深"（刘熙载《艺概》）。

六一词，如何"深"？

蝶恋花

庭院深深深几许，杨柳堆烟，帘幕无重数。玉勒雕鞍游冶处，楼高不见章台路。　雨横风狂三月暮，门掩黄昏，无计留春住。泪眼问花花不语，乱红飞过秋千去。

女子和她对爱情的期盼,像暮春的花一样美丽而脆弱,而爱情本就容易漂移,人心都像自然界一样辽阔,也像自然界一样动荡无常,随时可能雨横风狂,对痴于情的一方来说,结局只能是无奈而无言的"泪眼问花花不语,乱红飞过秋千去"了。

踏莎行

候馆梅残,溪桥柳细,草薰风暖摇征辔。离愁渐远渐无穷,迢迢不断如春水。 寸寸柔肠,盈盈粉泪,楼高莫近危阑倚。平芜尽处是春山,行人更在春山外。

一层层风景,一层层离愁,从特写到近景到远景的景物和山水,平芜尽处是春山,但相思没有尽头,爱却

"迢迢不断如春水",凄楚和折磨都没有止境。写来何等深切。

玉楼春

尊前拟把归期说,欲语春容先惨咽。人生自是有情痴,此恨不关风与月。　离歌且莫翻新阕,一曲能教肠寸结。直须看尽洛城花,始共春风容易别。

一说出来,人人觉得是自己的心里话,可是唯有他说得出。这样纯挚,这样痴,又这样天然。难怪王国维说:"于豪放之中有沉着之致,所以尤高。"

这一路,是欧阳修值得注意的特色,也是当行本色的宋词佳构。

欧阳修还有气度雍容、心无挂碍、落落大方的一路:

朝中措·送刘仲原甫出守维扬

平山阑槛倚晴空,山色有无中。手种堂前垂柳,别来几度春风。　　文章太守,挥毫万字,一饮千钟。行乐直须年少,尊前看取衰翁。

真是苏轼的老师,这首尤见出。

浪淘沙

把酒祝东风,且共从容。垂杨紫陌洛城东。总是当时携手处,游遍芳丛。　　聚散苦匆匆,此恨无穷。今年花胜去年红。可惜明年花更好,知与谁同?

浣溪沙

堤上游人逐画船,拍堤春水四垂天。绿杨楼外出秋千。　　白发戴花君莫笑,六幺催拍盏频传。人生何处似樽前。

还有西湖记游写景的十首《采桑子》，试看其中三阕可知其味——

其一

轻舟短棹西湖好，绿水逶迤，芳草长堤，隐隐笙歌处处随。　　无风水面琉璃滑，不觉船移，微动涟漪，惊起沙禽掠岸飞。

其三

画船载酒西湖好，急管繁弦，玉盏催传，稳泛平波任醉眠。　　行云却在行舟下，空水澄鲜，俯仰流连，疑是湖中别有天。

其四

群芳过后西湖好，狼藉残红，飞絮濛濛，垂柳阑干尽日风。　　笙歌散尽游人去,始觉春空。垂下帘栊,双燕归来细雨中。

欧阳修也有写得略浅而明快的作品,比如:

南歌子

凤髻金泥带,龙纹玉掌梳。走来窗下笑相扶。爱道画眉深浅、入时无。　　弄笔偎人久,描花试手初。等闲妨了绣功夫。笑问双鸳鸯字、怎生书?

扑面一股闺房的香气,女主是新娘,新婚的柔情蜜意和新娘的娇俏可人,写得都传神。欧阳修这一路不避俗,这首香艳,却不俗,有的则未必。

在欧阳修的时代,诗文才是正经事,填词是随性消遣,但也许正是因为不需载道,也不用顾及身份和创作理念,振笔直书,自由宣泄感情,所以,从文学价值上

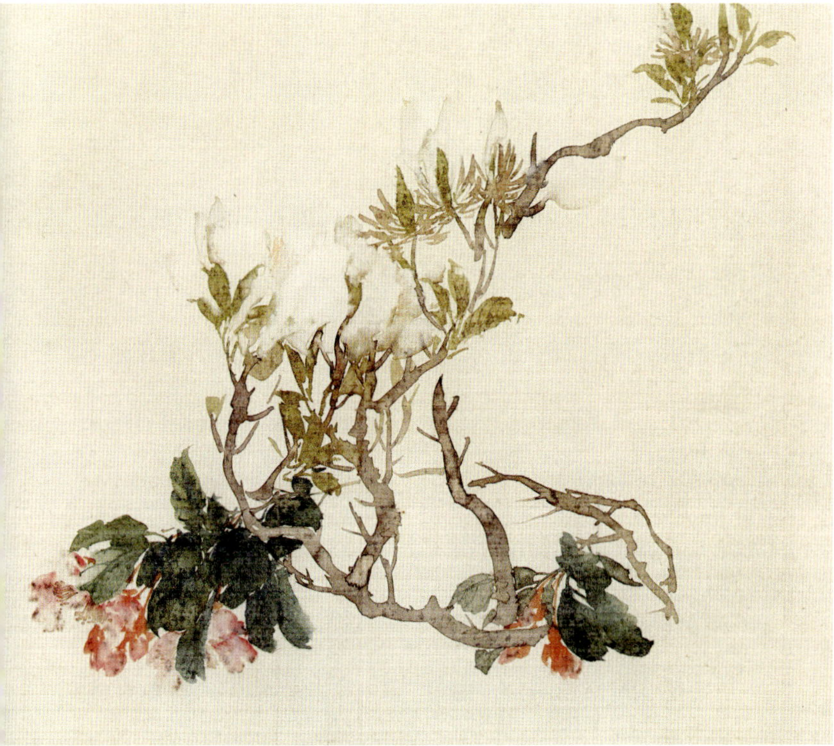

论,欧阳修的诗优于文,词又优于诗——"词胜于诗远甚。以其写之于诗者,不若写之于词者之真也"(王国维语)。

仅仅因为他的词,或者仅仅因为他提携了苏东坡,他的生平都值得被铭记:欧阳修(1007—1072),字永叔,号醉翁,晚号六一居士,吉州永丰(今江西省吉安市永丰县)人,景德四年(1007年)出生于绵州(今四川省绵阳市)。

仁宗天圣八年(1030年)以进士及第,历仕仁宗、英宗、神宗三朝,官至翰林学士、枢密副使、参知政事。死后累赠太师、楚国公,谥号"文忠",故世称欧阳文忠公。宋代文学史上开创一代文风的文坛领袖,与韩愈、柳宗元、苏轼、苏洵、苏辙、王安石、曾巩合称"唐宋八大家"。有《欧阳文忠公集》传世。

与这样的三朝名臣、文坛领袖相比,比欧阳修晚出生了半个世纪的周邦彦,身份和地位就不一样了。

周邦彦（1056—1121），字美成，号清真居士，钱塘（今浙江杭州）人。

《宋史》本传说他"疏隽少检，不为州里推重，而博涉百家之书"，大概是说他比较随便，不像个模范青年的样子，在家乡风评一般，但却读了很多书。宋神宗时成为太学生，撰《汴都赋》，歌颂新法，受到神宗赏识，升任太学正。此后十余年间，历任庐州教授、溧水县令等职。宋哲宗绍圣三年后又回到汴京，任国子监主簿、校书郎等职。宋徽宗时提举大晟府（最高音乐机关），负责谱制词曲，供奉朝廷。又外调顺昌府、处州等地。后在南京应天府（今河南商丘）逝世，享年六十六岁。获赠宣奉大夫。

周邦彦作品多写男女恋情、离愁别恨，也有咏物之作。格律谨严，语言清丽精雅，长调尤善铺叙。精通音律，曾创不少新词调。在婉约词人中被尊为"正宗"。旧时词论称他为"词家之冠"或"词中老杜"，负一代词名，在宋代影响甚大。有《片玉集》。

周邦彦"属于那种对政治没有太多兴趣，而有良好的艺术天赋与修养，喜欢为艺术而艺术的才士型人物。他虽以撰赋跻身仕宦之林，但最为擅长的，还是填词"。(章培恒、骆玉明《中国文学史新著》)因此，同样有才华，同样是填词，对欧阳修来说是业余爱好之"余"，而周邦彦，填词是他的事业，他的志趣。宋徽宗让他掌管最高音乐机关大晟府，倒是知人善任。

北宋一朝，王国维认为"词之最工者"，当推李后主、冯延巳、欧阳修、秦观、周邦彦。但真正把词当成一门艺术，在内容或形式上做了自己的探索，里程碑式的词人，欧阳修是一个(有深致)，苏轼是一个(不求工)，周邦彦是一个(求工而精绝)。

周邦彦的词，端的是好。好得不宜概括，因为一概括就板、就粗、就滞、就泛泛、就失其精微之文字美和绵延往复之音乐感。

周邦彦擅作长调慢词。这一点其实也说明词人的功力。

从诗到词，总体上而言，是从紧张到松弛，从刚到柔的过程。诗通常是一句一境，尤其是绝句，还因为篇幅特别有限而追求警拔；词则往往一词一境，整阕词完成一个意境。词总体是慢的。而无论在生活中还是艺术中，慢，并不容易。

"慢"的词，还分等级。从《十六字令》到五十八字以内的，称为小令。五十九字到九十字的，是中调，分上下两片。九十一字以上的，就称为长调，有的由上下两片构成，有的则由三片构成，三片又叫三叠，还有四叠的。从小令到中调到长调，是越来越慢了。那么，慢之又慢的长调，如何让人津津有味地听（读）到最后，如何在这个绝对的"慢"中，不动声色地完成一个境界，且看周邦彦的手段。

兰陵王·柳

柳阴直，烟里丝丝弄碧。隋堤上、曾见几番，拂水飘绵送行色。登临望故国，谁识、京华倦客？长亭路，年去岁来，应折柔条过千尺。　　闲寻旧踪迹，又酒趁哀弦，灯照离席。梨花榆火催寒食。愁一箭风快，半篙波暖，回头迢递便数驿，望人在天北。　　凄恻，恨堆积。渐别浦萦回，津堠岑寂，斜阳冉冉春无极。念月榭携手，露桥闻笛。沉思前事，似梦里，泪暗滴。

写客中送客，字字精丽，缓缓铺叙，层层渲染，将浓重而恍惚的愁绪写得弥天盖地，高潮浑然而成，最后是一个特写：泪珠滴落下来。词人没有写几滴，但是我觉得，是一滴。就只是一滴。因为这一滴是"沉思前事"之中不知不觉滴下来的，这一滴之后，必定惊觉，必定悄悄拭去而自己抑制。呼天抢地不可能，有泪如倾也不相宜，眼泪多流几滴都不够内敛。柔肠百转但总归含蓄和雅、浑厚大方。这才是宋词。

瑞龙吟

　　章台路。还见褪粉梅梢，试花桃树。愔愔坊陌人家，定巢燕子，归来旧处。　　黯凝伫。因念个人痴小，乍窥门户。侵晨浅约宫黄，障风映袖，盈盈笑语。　　前度刘郎重到，访邻寻里，同时歌舞。唯有旧家秋娘，声价如故。吟笺赋笔，犹记燕台句。知谁伴、名园露饮，东城闲步。事与孤鸿去。探春尽是，伤离意绪。官柳低金缕。归骑晚、纤纤池塘飞雨。断肠院落，一帘风絮。

比较"人面不知何处去，桃花依旧笑春风"的诗句，可以明白词与诗的不同。

王国维认为"有篇有句"的仅"李后主降宋后之作，

及永叔、子瞻、少游、美成、稼轩数人而已"。那么玩味这阕《瑞龙吟》，可以体会。

刘乃昌、朱德才评价："意象生动优美，章法清晰缜密，风韵含蓄凝重，洵为长调楷模。"（《宋词选》）

浪淘沙慢

晓阴重，霜凋岸草，雾隐城堞。南陌脂车待发，东门帐饮乍阕。正拂面、垂杨堪揽结。掩红泪、玉手亲折。念汉浦、离鸿去何许，经时信音绝。　　情切。望中地远天阔。向露冷风清、无人处，耿耿寒漏咽。嗟万事难忘，唯是轻别。翠樽未竭，凭断云、留取西楼残月。罗带光销纹衾叠，连环解，旧香顿歇。怨歌永、琼壶敲尽缺。恨春去，不与人期，弄夜色，空馀满地梨花雪。

陈廷焯评价："蓄势在后，骤雨飘风，不可遏抑。歌

至曲终,觉万汇哀鸣,天地变色,老杜所谓'意惬关飞动,篇终接混茫'也。"(《白雨斋词话》)

王国维评价:"长调自以周、柳、苏、辛为最工。美成《浪淘沙慢》二词,精壮顿挫,已开北曲之先声。"(《人间词话》)

苏幕遮

燎沉香,消溽暑。鸟雀呼晴,侵晓窥檐语。叶上初阳干宿雨、水面清圆,一一风荷举。 故乡遥,何日去。家住吴门,久作长安旅。五月渔郎相忆否。小楫轻舟,梦入芙蓉浦。

写荷花三句,正如王国维所说"此真能得荷花之神理者",写荷之传神无人能匹。整首词也像一朵芙蓉出水,轻灵而自在。

满庭芳·夏日溧水无想山作

风老莺雏,雨肥梅子,午阴嘉树清圆。地卑山近,衣润费炉烟。人静乌鸢自乐,小桥外、新绿溅溅。凭栏久,黄芦苦竹,拟泛九江船。　　年年。如社燕,飘流瀚海,来寄修椽。且莫思身外,长近尊前。憔悴江南倦客,不堪听、急管繁弦。歌筵畔,先安簟枕,容我醉时眠。

陈廷焯:"沉郁顿挫中别饶蕴藉。"(《白雨斋词话》)这阕笔力真是穷极工巧,开头的"老"、"肥"以及在《苏幕遮》里用过、这里再次出现的"清圆",形容新绿的"溅溅"……周邦彦的观察力和表现力真好,对字眼的选择真是刁钻,呈现出来却妥帖,只觉眼亮,不觉镂刻。

如果词中的相思、愁绪读多了,可以读这阕,足堪解腻。

蝶恋花·早行

月皎惊乌栖不定。更漏将残,辘轳牵金井。唤起两眸清炯炯。泪花落枕红棉冷。　　执手霜风吹鬓影。去意徘徊,别语愁难听。楼上阑干横斗柄。露寒人远鸡相应。

"唤起两眸清炯炯",绝了。"清炯炯"的一双眼睛,说明根本没有入睡过。写女子明眸,更写深情,道尽分离之难、离别之苦。

少年游

并刀如水,吴盐胜雪,纤手破新橙。锦幄初温,兽烟不断,相对坐吹笙。　　低声问、向谁行宿,城上已三更。马滑霜浓,不如休去,直是少人行。

写当时上层社会的冶游生活片段,完全着墨于女性,细节精美,气氛温馨,情调旖旎,女子口吻毕肖。传说此词创作缘起和宋徽宗、李师师有关,应当是不可信的。说不定因为女子口吻写得传神,简直像当场偷听来的,所以传出了那样的"八卦"吧。正如王国维所说,因为其词"入于人者至深","自士大夫以至妇人女子,莫不知有清真,而种种无稽之言,亦由此以起。"

玉楼春

桃溪不作从容住。秋藕绝来无续处。当时相候赤阑桥,今日独寻黄叶路。　烟中列岫青无数。雁背夕阳红欲暮。人如风后入江云,情似雨余粘地絮。

这首色彩好,是清真词中不常见的浓烈,是心理色彩。赤阑桥,指春光美好之处,黄叶路,代指萧瑟的秋景,反差强烈,暗示心爱的人在,整个世界就是春天,伊人一去，词人立即置身于萧瑟的秋天。青无数，红欲暮，充满了茫然、焦虑和失落，依然美好的世界在词人看来却是不完整、不安定的。最后两句化用"禅心已作粘泥絮"，但反其道而用之，"人如风后入江云，情似雨余粘地絮"，两句皆是妙喻，又承接得天衣无缝。渴望相逢，怎奈人已无影无踪；相逢无计便该淡忘，却又根本无法淡忘。最后一句写无法超脱，但似乎也不求超脱，有一种不甘心之后的甘心。警句。

词到了北宋末，已经完全成熟，而周邦彦虽然在内容上未作开拓，但以其音律和谐、清丽典雅、精致工巧而气脉贯注的长短调，成了当时词坛上的大青衣。

柳永所谓"奉旨填词"是牢骚，周邦彦"奉旨填词"倒是实情，但这也不易。北宋词，所谓"柳俗，苏豪，周律"，柳永过于俚俗，难免"词语尘下"（李清照语），虽大量创制长调，但所创长调不够精致和规范；苏东坡开拓了词的疆域，让词也抒发起"逸怀浩气"，但被批评"音律不谐",而且"以诗为词,……要非本色"。所以留给周邦彦的路并不宽阔:1.他必须回到抒写花间恋情、离愁别恨为主的主题范畴,恢复绣幌绮筵之中聊佐清欢的功能;2.在重视文学抒情功能的同时,也必须体现它的音乐功能,使人喜闻乐见;3.他不能像苏东坡那样"豪放",而必须守词的章法;4.他必须和柳永的市井气截然不同,要比柳永高雅,精致,严整,浑成。

这样的中庸之道,若无足够的才能,就会不"中"而"庸"了。而周邦彦,他有深厚的文学素养,又妙解音律,雅好度曲,"两宋之间,一人而已",可谓得天独厚,加上他专心于词,既融汇前人,又擅长创调,于是他以精妍和雅、圆美流转如弹丸的词章,像一位大青衣压住了宋词的场。

尤其重要的是,正如《白雨斋词话》中所说"太白之诗,东坡之词,皆是异样出色。只是人不能学,乌得议其非正声"。这个看法很有意思,首先肯定东坡之词是"异样出色",第二指出它是遭受质疑和非议的("非正声"),第三指出其好处一般人没法学。苏词"人不能学",这个说到了点子上。而周邦彦,音律和谐规范,词章典丽清雅,风调浑然悠扬,不但演唱者和听众都很享受,而且提供了一套艺术标准,在音律、语言、章法等方面为后人提供了有迹可循、可以仿效的规范。

简言之,苏东坡的词,"异样出色",人不能学;周邦彦词,"出色"而不"异样",回到了词的正格。他有晏殊的闲雅,欧阳修的大方,秦少游的精美,柳永的婉曲,而且——他有规矩,别人可以学。

词到北宋末,幸亏有周邦彦。他罕有其匹的表现力、穷极工巧的笔力、炉火纯青的技法、婉丽浑然的风调,成为北宋词的集大成者和完美的殿军。

现在的中学课本,似乎都不见周邦彦,是因为他的"绯闻"?或者是因为他的题材"狭窄"?

其实,正如张炜所说:有些大作家一生诠释的几乎是同一个主题。托尔斯泰一生都在写托尔斯泰主义——勿以暴抗恶,马尔克斯一辈子在写孤独和魔幻,福克纳总是写那个庄园。"故事倒是容易出新,描写领域也容易挪移,但是对于艺术和思想的开掘,对于人性经验的延伸,往前走一寸都是困难的。杰出的作家在这些根本的方面是日益精进的,在一些领域、一些方面持续追究、寻根问底——只有不会阅读的人才会说他们重复,不知道这种'重复',恰恰是最困难的。"(《疏离的神情》)

北宋词之有周邦彦,有如晚唐诗之有李商隐。文字艺术的美,原来可以这样在世间自在行走,不为毁誉和时间所动。

或许,周邦彦的最大启示是,在时代的局限里,在并不广阔的舞台上,如何把一个写作者可能做的,做到最好。

世人皆以东坡为仙

东坡与米芾曾在扬州相遇,有一番令人忍俊不禁的对答。米芾对东坡说:世人都以米芾为『颠』,想听听您的看法。东坡笑着回答:吾从众。如此便是苏学士明白教示了。若东坡问我时,我便答:世人皆以东坡为仙,吾亦从众。

世人皆以东坡为仙

记得是上世纪八十年代,父亲的书房里曾经悬过一幅字,是他一生的老师、曾经的系主任朱东润先生的手书。那是苏轼的《赠孙莘老七绝》之一:

嗟予与子久离群,耳冷心灰百不闻。
若对青山谈世事,当须举白便浮君。

朱先生写好这幅字后，就放进一个牛皮纸大信封，遣人送到了当时我家住的复旦大学第四宿舍门房。那幅字写得好，父亲觉得——"那气势说高山苍松，说虬龙出海，都既无不可又不够贴切。"（潘旭澜《若对青山谈世事——怀念朱东润先生》）朱先生的字上没有写年月，父亲的文章中说是1987年，应该不会错。也许是想起了苏轼当时的痛苦处境，也许是因录苏诗而不自觉地融入了苏体风格，这幅字与朱先生平时的温润蕴藉不同，显得笔墨开张、骨力刚劲，有苍凉而傲岸的味道。这是苏东坡写给好友孙觉（字莘老）的，意思是说：我和你离开京城的那些人很久了，我们对世上的事也已经没有什么兴趣了。面对好风景咱们就该饮酒，如果你还要谈起世上的事，我就罚你一大杯。

我是看着朱先生的这幅字，把这首诗背下来的。正如我儿时背的第一首东坡词，"明月几时有"，也是通过父亲的手抄页背下来的——是的，手抄页，不是手抄本，因为当时并没有"本",就是直接写在质地粗糙的文稿纸的背面。

苏东坡,有人说他是大文豪,有人说他是大诗人,有人说他是大词家,有人说他是书法家,有人说他是诤臣,有人说他是一个好地方官,有人说他是居士,有人说他是美食家,有人说他是茶人,有人说他乐天旷达,有人说他刚毅坚韧,更有人说他以上诸项皆是……而在我看来,苏东坡是我从小就知道,并从父辈的态度中感觉到他非比寻常的人;后来,我明白了他的独一无二:苏东坡,是每个中国人都想与之做朋友的人,是尘世间最接近神仙的人。

我生闽南,闽南人说晚辈不谙世事、懵懂糊涂,会说:"你怎么像天上的人!"虽然是批评、讥讽甚至责骂,但我由此从小知道,人,有地上的人,还有天上的人。苏轼,正是一个"天上的人"。我有证据:他自己说了,"我欲乘风归去"。一般的凡人与天的关系,最多是妄想着"上去"，所以叫"上天"，而他是"归去"，天上，是他的来处，是他应该在的地方。

苏轼。苏东坡。坡公。坡仙。

这人其实是说不得的，一说就是错。顾随在1943年写的《东坡词说》文末，认为苏词"俱不许如此说"，自己"须先向他东坡居士忏悔，然后再向天下学人谢罪"。苦水先生何许人？他尚且如此说，闲杂人等怎敢再说一个字？

一直坚信：对苏轼，绝口不说才是正理。热爱东坡的人，一提他的名字，彼此交换一个眼神，相视会心一笑，才是上佳对策。

这位"天上的人"，热爱他的人那么多，研究他的人也多，而且研究得那么透，"前人之述备矣"。但人是人，我是我，一万个人眼中有一万个苏东坡，再思洒脱如东坡者，也许会说："东坡有甚说不得处？"便也不妨一说。

东坡和水，缘分特别深。

也许是因为他出生在四川眉山,"我家江水初发源"(苏轼《游金山寺》);也许是作为南方人,自幼感受到"天壤之间,水居其多"(苏轼《何公桥》);也许是因为他和水特别有缘,"我公所至有西湖"(秦观《东坡守杭》),"东坡到处有西湖"(丘逢甲《西湖吊朝云墓》);也许是因为流水的美,与他的明快心性和艺术气质特别契合;也许真的应了那句话——"仁者乐山,智者乐水",东坡不但是一个仁者,更是一位智者。

东坡爱水。谈自己的文章时用水的比喻——"吾文如万斛泉源,不择地皆可出",他谈好文章的标准,也用水的比喻——"如行云流水,初无定质,但常行于所当行,常止于不得不止,文理自然,姿态横生"。后人用"苏海"来评价他的诗文,很恰当,也正对了东坡的脾性。读东坡文章,其迈往凌云处、酣畅淋漓处、妙趣横生处、闲远萧散处,总要各人自己去体会,但最要体会的是那种像水一样的灵动、开阔和自由。

东坡多写水。他一写水，笔端就分外精神。前《赤壁赋》中"清风徐来，水波不兴""白露横江，水光接天"等句不说，只看他的诗词，到处都有波光和水声。

且看他写湖："江南春尽水如天，肠断西湖春水船"，"凤凰山下雨初晴，水风清，晚霞明"，"微风萧萧吹菰蒲，开门看雨月满湖"，"水清石出鱼可数"，"水光潋滟晴方好，山色空蒙雨亦奇"，"菰蒲无边水茫茫，荷花夜开风露香"，"水枕能令山俯仰，风船解与月徘徊"……

且看他写江河："惟有一江明月碧琉璃"，"夜阑风静縠纹平"，"江涵秋影雁初飞"，"半壕春水一城花"，"霜降水痕收，浅碧粼粼露远洲"，"一千顷，都镜净，倒碧峰"，"岷峨雪浪，锦江春色"，"霜余已失长淮阔，空听潺潺清颍咽"，"隋堤三月水溶溶"，"竹外桃花三两枝，春江水暖鸭先知"……

且看他写浪与潮："乱石穿空，惊涛拍岸，卷起千堆雪"，"有情风、万里卷潮来，无情送潮归"，"雪浪摇空千顷白","夜半潮来,月下孤舟起"……

且看他写雨:"黑云翻墨未遮山,白雨跳珠乱入船。卷地风来忽吹散,望湖楼下水如天","天外黑风吹海立,浙东飞雨过江来","墨云拖雨过西楼","欹枕江南烟雨","疏雨过,风林舞破,烟盖云幢","潇潇暮雨子规啼","雨洗东坡月色清","急雨岂无意,催诗走群龙","雨已倾盆落","烟雨暗千家"……

且看他写溪:"照野弥弥浅浪","山下兰芽短浸溪","北山倾,小溪横","连溪绿暗晚藏乌"……

看他写激流:"有如兔走鹰隼落,骏马下注千丈坡。断弦离柱箭脱手,飞电过隙珠翻荷。四山眩转风掠耳,但见流沫生千涡。"

看他写泉:"雪堂西畔暗泉鸣","独携天上小团月,来试人间第二泉","劝尔一杯菩萨泉","但向空山石壁下,爱此有声无用之清流","桥对寺门松径小,槛当泉眼石波清","倦客尘埃何处洗,真君堂下寒泉水"……

水最大者为海,看他写海:"东方云海空复空,群仙出没空明中","登高望中原,但见积水空","云散月明谁点缀,天容海色本澄清"……

水最微者莫过露,看他写露:"曲港跳鱼,圆荷泻露","草头秋露流珠滑","月明看露上"……

东坡的诗从题材到风格都丰富,名作很多,只选几首来说,虽近乎以瓣识朵、由珠窥海,但其中有我理解东坡诗词的入口,聊记于此。

和子由渑池怀旧

人生到处知何似? 应似飞鸿踏雪泥。

泥上偶然留指爪,鸿飞那复计东西。

老僧已死成新塔,坏壁无由见旧题。

往日崎岖还记否,路长人困蹇驴嘶。

人生行止不定,去留充满偶然,留下的痕迹也必将在时间中消失,确实令人感到空幻而惆怅。但只要心里依然清晰保留着旧痕,则旧事依旧在记忆中鲜活;共同经历过"往日"的人,只要彼此都"还记"那段往昔,则一切都成了可以分享的人生体验。

前人多说此诗"富有理趣"(周裕锴语),其实更可以从中领悟东坡的多情和善解(悟)。对"路长人困""往日崎岖"尚且如此恋恋不忘,则人生何事、何时、何种境地不可记取,不可回味?什么经历没有价值,没有意义?所以他在另一首诗里写道:"我生百事常随缘""人生所遇无不可"(苏轼《和蒋夔寄茶》)。重情而不执于情,于无趣处发现乐趣、领悟理趣——理趣有时候对诗意是一种威胁,但在东坡这里不成问题,他的感觉(感性)依然兴冲冲的,理趣只增加了对人生体悟的深度。

东坡对人生的热爱和对日常生活的强烈兴趣,超尘脱俗的胸怀,加上擒纵杀活的文字本领,所以其诗常明净爽利而清澈，有一种透明的美感。写景者，如传诵极广的《饮湖上初晴后雨》、《惠崇〈春江晓景〉》，如《舟中夜起》亦是，又如《六月二十七日望湖楼醉书》亦复是。状物者，如《东栏梨花》《海棠》皆是。

万不可死心眼，只认定坡老单单就是写湖、写雨、写梨花、写海棠，定要看出此老心胸广、气象大，和大自然是够交情的真朋友。君不见同时代人带给他多少磨难与伤痛？幸而有大自然对他始终公平，始终善待。

以下两首诗最要对照参读：

出颍口初见淮山，是日至寿州

我行日夜向江海，枫叶芦花秋兴长。

长淮忽迷天远近，青山久与船低昂。

寿州已见白石塔，短棹未转黄茅冈。

波平风软望不到，故人久立烟苍茫。

全然写景，而心情自见。顾随对这首诗评价不高，但这诗其实好，尤其适合念出来，一念，那种笔法流转之美，那种云烟迷蒙心事苍茫之感，就都出来了。

> 参横斗转欲三更，苦雨终风也解晴。
> 云散月明谁点缀？天容海色本澄清。
> 空余鲁叟乘桴意，粗识轩辕奏乐声。
> 九死南荒吾不恨，兹游奇绝冠平生。（《六月二十日夜渡海》）

经历了人生的几番大起大落、无数煎熬和解脱，前诗那种身不由己、颠沛流离时的惆怅和迷惘，已经不见了，到了人生的最后阶段，苏轼进入了"天地之境"。

正如朱刚《苏轼十讲》所言，"一次一次悲喜交迭的遭逢，仿佛是对灵魂的洗礼，终于呈现一尘不染的本来面目。生命到达澄澈之境时涌自心底的欢喜，弥漫在朗月繁星之下，无边大海之上。"

"何似在人间"，"在人间"谈何容易！人间给了东坡太多的黑暗、恐惧、痛苦、无奈和辛酸。看到这位谪仙留在人间，到了人生的最后，没有悔恨，没有悲凉，了无遗憾，全无挂碍，而是这样得大解脱，得大圆满，得大光明，得大自在，真是令人欣慰、震撼和感动的。

从"我行日夜向江海"到"天容海色本澄清"，生命的意义实现了，人生的境界如此圆满。

苏轼一生留下四千八百多篇文章、两千七百余首诗、三百多首词，他的诗那么多，自然不可能每首都好。东坡写诗常常一触即发，而且写得快，他自己也说要快——"作诗火急追亡逋，清景一失后难摹"。不但不是每一首都好，就是那些相当有名的，有时艺术上也不高明，比如《寓居定惠院之东，杂花满山，有海棠一株，土人不知贵也》，据说是他平生得意的一首，每每写以赠人，我觉

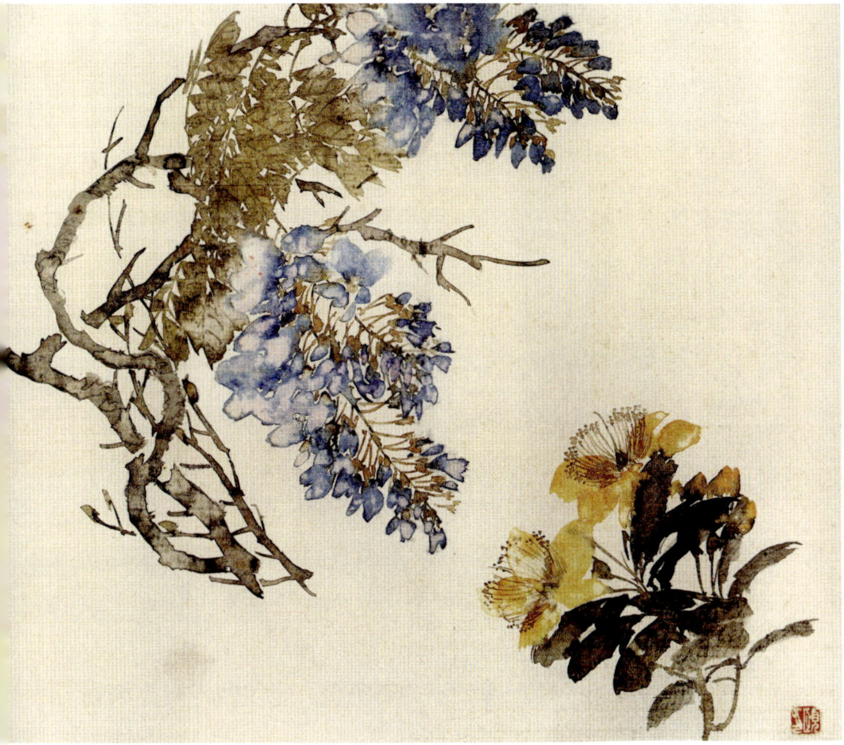

得东坡"每每写以赠人"是真,但怀疑选这诗的原因未必是"平生得意",而出于手录诗词的"技术"考量:因为这首够长,七言28句,有196字,赠人如果写小字,选字数这么多的作品正适合。因为全诗太不经意,感情浮泛,间有俗笔(比如以"朱唇得酒晕生脸,翠袖卷纱红映肉"写海棠,既不幽独,又不清淑,意境全无,快不成诗了),明显酝酿不足加锤炼不够。他才大,真任性,且一任到底。前人说苏轼"凡事俱不肯著力",他创作状态一贯自信而轻松,结果好的就真好——出色且自在,不好的就有点草率。

他是天才,什么都"不肯著力",而"做诗应把第一次来的字让过去"(顾随语),在杜甫凝神"把第一次来的字让过去"的时间里,东坡早就一挥而就,然后喝酒去了。我辈终不能夺坡公酒杯,让他再去推敲润色。况且许多时候,在他那样困苦绝望的处境中,"我写故我在",靠着写诗、填词,也许还有给朋友写信,这位诗人才能活下来。还有什么,比让人活下来更重要的吗?没有。诗不是每首都好,打什么紧!泥沙俱下又有何妨,那江河不是还在奔流么?

终于要说东坡词。东坡所作词比诗少多了,但其词一般被认为是"此老平生第一绝诣"(陈廷焯语)。在我看来,东坡诗、词,主要是重要性不同。读诗若不读东坡诗,虽有损失,但可以读唐诗来大致弥补;但读词若不读东坡词,哪怕读遍了晚唐、北宋、南宋的词……那损失还是无法弥补。

过去一提到东坡,就贴一个"豪放派"的标签,这个已经有不少方家力证其非,有的说"豪放"二字今古理解不同,有的说其实东坡能婉约亦能"协律",有的则说当时根本不存在豪放派……但还是顾随说得最痛快:分什么豪放、婉约?根本是多事。(《苏辛词说》)

事实是:才华、豪气、雅量、情思俱备的苏东坡,是词的解放者,他提升了词在文坛和社会上的地位,第一次让词和诗一样自由地抒情言志,第一次在词中完整地表现了一个士大夫的全人格,第一次在词中表现了"浅斟低唱"和"盈盈粉泪"之外的社会生活和人生感悟。

东坡词,若论名气响,一阕"大江东去",一阕"明月几时有",是并列冠军。正如顾随所说,《念奴娇·赤壁怀古》"震铄耳目",最震撼,而《水调歌头》则"沦浃髓骨",最感人。

对这两阕,朱刚的解读更进一层,值得注意:前者之"多情应笑我,早生华发","虽是一片无奈,但这无奈的多情之中,仍有未尝泯灭的志气在。因为只有志气不凡的人,才会对过去了的不凡的历史如此多情";而后者"人有悲欢离合,月有阴晴圆缺,此事古难全",可以解读为:"人世生活的本来状态就是不如意、不完美的,从来如此,也会永远如此。不但不该厌弃,正当细细品尝这人生原本的滋味。所以,'但愿人长久,千里共婵娟。'"(《苏轼

十讲》)

两首《江城子》，一首"十年生死两茫茫"，一首"老夫聊发少年狂"，一沉挚悲凉，一雄豪奔放，都很著名，可不去说它。《蝶恋花》之"天涯何处无芳草""多情却被无情恼"万口脍炙，也不去说它。

坡公无人能及处，在于特别善结又善解。凡文艺作品，其实往往都与"结"有关，也未必到"情结"的地步，但必有"心结""思结""情绪结"，有所结，才发为作品。如今常说"感悟"，其实"感"与"悟"是两回事，作家诗人，因为感性发达更易深于情，所以感常常就是结，而经一番思量才"悟"，这是"解"。感得深，就是进得去。悟得透，就是出得来。这一番作为，并不容易，有的人进不去，有的人又出不来。一般人要么不擅结，要么不擅解，高手常常也是一阵子结一阵子解，有时候结不深，有时候解不透。而东坡善结又善解，甚至一边结，一边解。他真是七进七出，如入无人之境。

这不是天生的。天生解得开、透得出的人,哪里会有?

刚流放到黄州时,东坡的心情是非常悲凉的——

> 世事一场大梦,人生几度新凉?夜来风叶已鸣廊。看取眉头鬓上。　　酒贱常愁客少,月明多被云妨。中秋谁与共孤光。把盏凄然北望。(《西江月》)

又是寂落和孤冷的——

> 缺月挂疏桐,漏断人初静。谁见幽人独往来,缥缈孤鸿影。　　惊起却回头,有恨无人省。拣尽寒枝不肯栖,寂寞沙洲冷。(《卜算子·黄州定惠院寓居作》)

若有所待地"北望",能不能"北归"却由人不由己;

"拣尽寒枝不肯栖",是有持守,但"寂寞沙洲"如何是长久安身之地?现实和精神的出路在哪里?这两首词,都是"结",没有"解"。

若尽是如此,便是柳宗元,而不是苏东坡了。

望江南·超然台作

春未老,风细柳斜斜。试上超然台上望,半壕春水一城花。烟雨暗千家。 寒食后,酒醒却咨嗟。休对故人思故国,且将新火试新茶。诗酒趁年华。

看东坡如何结,又如何解,后半阕可以看得清楚。尤其"休对",分明是一边结一边解了。

浣溪沙·游蕲水清泉寺,寺临兰溪,溪水西流

山下兰芽短浸溪,松间沙路净无泥,萧萧暮雨子规啼。 谁道人生无再少?门前流水尚能西!

休将白发唱黄鸡。

"暮雨""白发"是暗结,以"流水尚能西""休将"明解。

临江仙·夜归临皋

夜饮东坡醒复醉,归来仿佛三更。家童鼻息已雷鸣。敲门都不应,倚杖听江声。　长恨此身非我有,何时忘却营营。夜阑风静縠纹平。小舟从此逝,江海寄余生。

酒后夜归,进不了家门,这是现实中的小意外小困境,本不足以入词,但是东坡的愿望,不是尽快进门倒头而卧,或者越墙而入用手杖对家童教训几下子,而是超越现实得失计较和无尽尘世纷扰的心愿。于是低处的结从高处豁然得解。

这一路最好的代表，恐怕是这一阕——

定风波

　　三月七日，沙湖道中遇雨。雨具先去，同行皆狼狈，余独不觉，已而遂晴，故作此词。

　　莫听穿林打叶声，何妨吟啸且徐行。竹杖芒鞋轻胜马，谁怕？一蓑烟雨任平生。　　料峭春风吹酒醒，微冷，山头斜照却相迎。回首向来萧瑟处，归去，也无风雨也无晴。

以"莫听""何妨"解起，解在结先，随结随解，一路解来，最后已经不需解了，因为已经无结，到达超然物外之境。有人觉得这是通达，其实不是，通达是包容是气度，仍有是非，东坡已经放下是非；通达是不论境遇好坏均努力想开，而东坡完全超越了境遇。没有风雨和晴天之分，境遇也无所谓荣辱穷通，一切都是人生的一部分，无所谓风雨，无所谓晴，人便在境遇之上了。这样"解"，真透彻。

此外，《虞美人·有美堂赠述古》（"湖山信是东南美"）《南乡子·重九涵辉楼呈徐君猷》（"霜降水痕收"）《西江月》（"照野弥弥浅浪"）《鹧鸪天》（"林断山明竹隐墙"）等，也皆是这一路。

东坡当然有深情，但他不沉湎，沉湎就容易钻牛角尖，东坡一生样样都会，唯独不会钻牛角尖，他有雅量有逸气，故不论是分别还是相逢，即事抒情，总归于圆融朗润的高致。

八声甘州·寄参寥子

有情风、万里卷潮来，无情送潮归。问钱塘江上，西兴浦口，几度斜晖。不用思量今古，俯仰昔人非。谁似东坡老，白首忘机。　　记取西湖西畔，正暮山好处,空翠烟霏。算诗人相得,如我与君稀。约他年、东还海道,愿谢公、雅志莫相违。西州路,不应回首,为我沾衣。

清郑文焯在《手批东坡乐府》赞叹:"突兀雪山,卷地而来,真似钱塘江上看潮时,添得此老胸中数万甲兵,是何等气象雄且杰!妙在无一字豪宕,无一语险怪,又出以闲逸感喟之情,所谓骨重神寒,不食人间烟火气者。词境至此,观止矣!"

以下两阕也是风格清雄、意境阔大,兼豪放飞扬和浑融蕴藉——

水调歌头·黄州快哉亭赠张偓佺

落日绣帘卷,亭下水连空。知君为我新作,窗户湿青红。长记平山堂上,欹枕江南烟雨,杳杳没孤鸿。认得醉翁语,山色有无中。　　一千顷,都镜净，倒碧峰。忽然浪起，掀舞一叶白头翁。堪笑兰台公子，未解庄生天籁，刚道有雌雄。一点浩然气，千里快哉风。

沁园春

孤馆灯青，野店鸡号，旅枕梦残。渐月华收练，晨霜耿耿，云山摛锦，朝露漙漙。世路无穷，劳生有限，似此区区长鲜欢。微吟罢，凭征鞍无语，往事千端。　　当时共客长安。似二陆初来俱少年。有笔头千字，胸中万卷，致君尧舜，此事何难。用舍由时，行藏在我，袖手何妨闲处看。身长健，但优游卒岁，且斗尊前。

人总以苏辛并论，归之于豪放一路，又多以东坡"大江东去""老夫聊发少年狂"为证据，其实不然。就连顾随，虽指出苏辛"不得看作一路"，但也是拿"大江东去"

来对照，说其中的"乱石穿空，惊涛拍岸，卷起千堆雪"三句，"其健，其实，可齐稼轩"；其实以上三阕，其纵横之气，顿挫兼飞扬，刚健复柔婉，神完气足而自有远韵，苏轼都是辛弃疾的老师。当然，弟子未必不如师，大可并驾，甚至后来居上，但总要认他是老师，不可弄颠倒了。

行香子

清夜无尘，月色如银。酒斟时、须满十分。浮名浮利，虚苦劳神。叹隙中驹，石中火，梦中身。　虽抱文章，开口谁亲。且陶陶、乐尽天真。几时归去，作个闲人。对一张琴，一壶酒，一溪云。

这一阕许多选本不选，可能因为太单纯了。其实这种天真的气息，澄净的氛围，虽然缺少一些弦外之音，但这是苏东坡本性里的单纯和透明，非常洁净可爱。相比之下，那阕著名的《水龙吟·次韵章质夫杨花词》（"似花还似非花")倒真意思不大,所谓"和韵而似原唱"(王国维语),也不过说把一个章质夫彻底比下去了,这于东坡而言还值得大惊小怪?词本身意境狭小而感情空泛,顾随也说"直俗矣",并不见东坡本色手段。

然则东坡之本色手段,尽在上面所说的种种——在清旷超脱,在飘逸自如,在圆融朗润,在顿挫兼飞扬,刚健复柔婉吗?又不止于此。还在一股仙气——有情有思兼其心自远,能将眼前事写出天外韵。东坡每每因今昔变迁、人生短暂而思及时间和空间、真实和梦幻、过去和未来、此在和永恒,时时感受到人生行旅的深沉况味,更难得这铺天盖地的恍惚迷离,东坡竟还他一个铺天盖地:一世界的空灵,澄澈,光华流转,一尘不染。

永遇乐·彭城夜宿燕子楼,梦盼盼,因作此词

明月如霜,好风如水,清景无限。曲港跳鱼,圆荷泻露,寂寞无人见。纨如三鼓,铮然一叶,黯黯

梦云惊断。夜茫茫，重寻无处，觉来小园行遍。　天涯倦客，山中归路，望断故园心眼。燕子楼空，佳人何在，空锁楼中燕。古今如梦，何曾梦觉，但有旧欢新怨。异时对，黄楼夜景，为余浩叹。

洞仙歌

冰肌玉骨，自清凉无汗。水殿风来暗香满。绣帘开，一点明月窥人，人未寝，欹枕钗横鬓乱。　起来携素手，庭户无声，时见疏星渡河汉。试问夜如何？夜已三更，金波淡，玉绳低转。但屈指西风几时来，又不道流年暗中偷换。

这两阕，得一个"活"字，更占一个"仙"字。这股仙气，东坡实实有，辛弃疾实实学不来，也不必学。稼轩还自做稼轩去，东坡有一个便好。

东坡与米芾曾在扬州相遇，有一番令人忍俊不禁的对答。米芾对东坡说：世人都以米芾为"颠"，想听听您的看法。东坡笑着回答：吾从众。

如此便是苏学士明白教示了。若东坡问我时，我便答：世人皆以东坡为仙，吾亦从众。

心中极多想不开

陆游一写到唐琬,便深挚,便凄美,便味厚。让人叹息感情的伤痛和怅恨折磨人的同时,看到人生竟有这样的可能:辜负了所爱的人,却始终忠实于爱情本身。

心中极多想不开

很多年，陆游一直不在我喜欢的诗人之列。想起他，我的反应是：红酥手，黄縢酒，错错错，莫莫莫。王师北定中原日，家祭无忘告乃翁。爱情悲剧。爱国诗人。他的一生好像就是这八个字，特别适合中学课堂上"主题概括"。

我只喜欢他的《临安春雨初霁》：

> 世味年来薄似纱，谁令骑马客京华。
>
> 小楼一夜听春雨，深巷明朝卖杏花。
>
> 矮纸斜行闲作草，晴窗细乳戏分茶。
>
> 素衣莫起风尘叹，犹及清明可到家。

有陆游笔下少见的清新色调和微妙光线，以及复杂情绪的调和之美。除了这一首，他的诗，总觉得太直白、太露，没有风致与风调。他的词呢？《钗头凤》之外，比较好的是《秋波媚》（"秋到边城角声哀"），而出名的《卜算子·咏梅》和《诉衷情》，其实都不好。"无意苦争春，一任群芳妒"，这话近乎自我标榜了，别人看不惯你打压你，也许是政见不合，也许是别的原因，不一定都是妒忌；况且"喻体"层面原就不通，梅花开的时候，群芳在哪儿？如何妒？"零落成泥碾作尘"，也怪不着百花。"寂寞开无主"原本是梅花的好处，梅花孤洁是本色，不为自我标榜，也不在乎"群芳"是否理解。这阕词，一半出于陆游"一树梅花一放翁"的梅花情结,可是陆游太热衷,所以把梅花写俗了。后一阕,"当年万里觅封侯",一下笔便俗,最后"此生谁料,心在天山,身老沧州!"简直是直着嗓门大叫了,实在没有味道,再同情其悲愤,也不愿意重读,怕耳朵痛。

对陆游如此淡漠乃至疏远,有个远因,与《红楼梦》有关。《红楼梦》里黛玉明确表示不欣赏的诗人有两个,一个是李商隐,一个就是陆游,对李商隐还有局部肯定——至少喜欢他的"留得枯荷听雨声",对陆游却近乎全部否定——"你们因不知诗,见了这浅近的就爱,一入了这个格局,再学不出来的。"然后黛玉对香菱推荐了王维、杜甫、李白,果然都很有道理,令人对林姑娘的话深信不疑了。第二个缘故,是他写得实在太多了——他曾自言"六十年间万首诗";宋代刘克庄认为"《剑南集》八十五卷,八千五百首",另一种说法是9138首(欧小牧《陆游年谱》统计,金性尧《炉边诗话》依此说);而根据严修考订，陆游一生写了9239首诗，135首词（《陆游诗词导读·陆游留存诗词数量的考订》）。文学阅读上似乎有一种现象：写得太多，会带来阅读疲劳，影响读者的珍惜程度。家父在时，一向主张作品宜精不宜多，他几次说："白居易写得太容易了，太多了。如果只留三分之一，甚至更少，就好了。当代的老舍，作品也太多了。"这些都影响了我对陆游的看法。严修叔叔是家父大学同学和后来的同事，是看着我长大的长辈，当他2009年4月出版《陆游诗词导读》时，虽然家父已经在此三年前去世，仍蒙他惠赐一册。我很佩服他作为一个语言学家而有如此深厚的古典文学功底，但却闪过模糊的一念：陆游值得您花费这么多心血和时间吗？虽然在《导言》中读到杨万里等人"重寻子美行程旧，尽拾灵均怨句新"的评价，但也看到不少的批评：查慎行说"剑南诗非不佳，只是蹊径太熟，章法句法未免雷同，不耐多看"；朱彝尊说得狠了："陆务观《剑南集》，句法稠叠，读之终卷，令人生厌"；

钱锺书更狠，在批评陆游"心思句法"重复太多之外，下了断语："舍临殁二十八字，无多佳什。"——除了临终的一首《示儿》，就没什么写得好的。看到这一句，我有点想笑，但是觉得不厚道，忍住了。但从此放心不读陆游了。

后来在"走廊"上远远"旁听"了顾随先生的课。

他是在讲《王维诗品论》中谈起陆游的。他举陆游《杂感》其一和其九，以及《书愤》为例，说：放翁至老负气，又有是非，有作者偏见；在年老后，在需要休息时，内心得不到休息，有爱，有愤怒。

为什么说王维却想起陆游？因为在顾随先生看来，他们天然形成对比："右丞高处到佛，而坏在无黑白、无痛痒。……放翁诗虽偏见，究是识黑白、识痛痒，一鞭一条痕。"

顾随进一步说：陆游、王维二人之诗，可代表中国诗之两面。王维诗格高、韵长，陆游呢？"所表现的不是高，不是韵长,而是情真、意足,一掴一掌血,一鞭一条痕。"

此说独特而有趣。但拿陆游和王维比,还是对陆游偏爱不少。正如顾随指出的,"此派可以老杜为代表",如此,应将老杜请出,和王维比较,才是。

《中国古典诗词感发》后面有一讲专门讲陆游,题目是《真实诗人陆放翁》。顾随说陆游虽非伟大诗人,而却是真实诗人。他忠实于自己感情,固其诗有激昂的,也有颓废的;有忙迫的,也有缓弛的。……天下没有不忠于自己而能忠于别人的。

顾随拈"心如病骥常千里,身似春蚕已再眠"(《赴成都泛舟自三泉至益昌谋以明年下三峡》)、"输与茅檐负暄叟,时时睡觉一频伸"(《杂感》其二)等句,断陆游"诗格不高而真"。说他到了晚年,"意境圆熟、音节调和",但"诗品仍不高"。

顾随说:"放翁诗多为一触即发,但也是胸无城府,是诚,但偏于直。"

顾随对陆游评价不能算高,但就是喜欢。为什么呢?"因他忠于自己,故可爱,他是我们一伙儿。……一个诗人有时候之特别可爱,并非他做的诗特别好、特别高,便因他是我们一伙儿。"

应该还因为"真"带来"力"。陆游诗虽不时时是美的,但总是特别真,而"真"自有其力量。诗有"美",也有"力",顾随是很重视诗之"力"的,他推许杜甫有力,大约觉得陆游也算有力的。如此便说得通了。

但是真正让我对陆游回心转意的是金性尧的这段话:"八十四岁时,又作了《春游》之四:'沈家园里花如锦,半是当年识放翁。也信美人终作土,不堪幽梦太匆匆。'这时离开他和唐琬的分手已经六十多年了,离开两人沈园之会也有五十余年。又隔两年,就写了一首著名的绝笔《示儿》诗。这也是诗人毕生两件最大的心事,两种难偿的遗憾,即使快到生命的尽头时,仍然念念不忘于地下的唐琬,念念不忘于沦敌的中原。即是说,凡是诗人

认为应该忠实的，他就始终忠实，至死不变。"(《炉边诗话·沈园斜阳》)

心事一辈子放不下，令我想起《世说新语·德行第一》所记王献之临终说的那句"不觉有余事，唯忆与郗家离婚"——这辈子也没别的事，只想起和郗家之女离婚觉得有愧。心事一辈子不放下，又和韩偓的"此生终独宿，到死誓相寻"的牛脾气、倔劲儿相近，拿一生来孤注一掷，令人忘却是与非，只是内心受震动。

陆游的两件心事中，抗金复仇、恢复中原的时间最长。他幼儿时就遭遇汴京沦陷，徽宗、钦宗被俘的巨变，中原丧乱，父母怀抱年幼的陆游逃归故乡山阴，六岁时，金兵渡江南侵，他们家又避乱山中，直到九岁。他这样回忆："我生学步逢丧乱，家在中原厌奔窜。淮边夜闻贼马嘶，跳去不待鸡号旦。人怀一饼草间伏，往往经旬不炊爨。"(《三山杜门作歌》)后来，他"亲见当时士大夫，相与言及国事，或裂眦嚼齿，或痛哭流涕，人人自期以

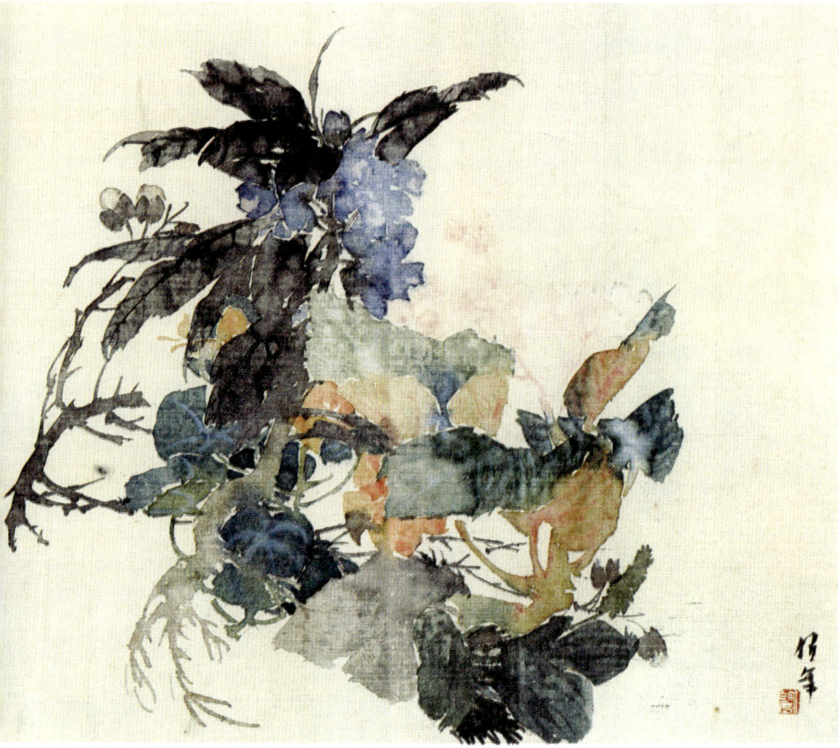
伯年

杀身翊戴王室，虽丑裔方张，视之蔑如也"。他少年时代，又经常看到：那些和他父亲来往的人，因为忧心国事，谈着谈着就相对痛哭，即使陆家准备了饭菜，也都吃不下去而离开。父亲送走了客人，回家后也无心再吃了。家国的情怀，在这些灼热眼泪的灌溉下，长成了大树。

他希望自己"上马击狂胡，下马草军书"，文武双全，报效国家。可惜高宗、孝宗都不是这个心思。天下人总以为和自己一样心思的人多了会有用，可叹都想错了。陆游只能在诗中不断地悲愤交加、摩拳擦掌、仰天长吁，而他的复仇雪耻、收复河山、一酬壮志、一抒胸怀都只能在醉后、梦中——

> 逆胡未灭心未平，孤剑床头铿有声。(《三月十七日夜醉中作》)
>
> 壮心未许全消尽，醉听檀槽出塞声。(《醉中感怀》)

呜呼！楚虽三户能亡秦，岂有堂堂中国空无人！（《金错刀行》）

安得扬鞭出散关，下令一变旌旗色！（《晓叹》）

草罢捷书重上马，却从銮驾下辽东。（《秋声》）

一身报国有万死，双鬓向人无再青。（《夜泊水村》）

丈夫几许襟怀事，天地无情似不知。（《悲秋》）

塞上长城空自许，镜中衰鬓已先斑。（《书愤》）

遗民泪尽胡尘里，南望王师又一年。（《秋夜将晓，出篱门迎凉有感》其二）

夜阑卧听风吹雨，铁马冰河入梦来。（《十一月四日风雨大作》）

山河未复胡尘暗，一寸孤愁只自知。（《题阳关图》）

后生谁记当年事，泪溅龙床请北征。（《十一月五日夜半偶作》）

关河自古无穷事，谁料如今袖手看。(《书愤》二首其二)

但使胡尘一朝静，此身不恨死蒿莱。(《病中夜赋》)

暗笑衰翁不解事，犹怀万里玉关情。(《书叹》)

……

直到他的绝笔诗《示儿》，仍然是丝毫放不下——

死去元知万事空，但悲不见九州同。
王师北定中原日，家祭无忘告乃翁。

陆游有六子，均为第二任妻子王氏所生，可是陆游却不曾为这位夫人写出哪怕一首诗词，简直可以成为婚姻怀疑论的一个例证：婚姻离现实近，离心灵远。

第一任妻子便是唐琬。陆游大约在二十岁时娶了唐琬，婚后感情很好。两三年后却被母亲逼令离婚。唐琬离开陆家以后，又嫁给了另一个人，赵士程。后来他们夫妇与陆游在沈园偶遇，唐琬还告诉赵士程之后，让人送酒食款待陆游。陆游就在沈园壁上题了那首《钗头凤》。唐琬固然是真挚而大气，赵士程显然也是温和大度的。沈园的这一幕，虽则伤心，但让人觉得当时的士人风气还是不错的。

唐琬因何为婆母所不容？有许多猜测。

刘克庄《后村诗话·续集卷二》，说是两人太恩爱，陆游的父母对儿子学业督教甚严，"二亲恐其惰于学也，数谴妇，放翁不敢逆尊者意，与妇诀。"

严修认可这种说法，他解释："陆游婚后倦学引起父母恐慌，因为结婚前不久，陆游在临安应进士举落第，如果婚后再沉溺在温柔乡中，功名前途就无望了，在封建时代的士大夫家庭中，是绝对不能允许的。"严修还推测第二个原因：可能和唐琬未能生育有关。唐琬婚后两三年无子,在封建时代,婚后不育,是"七出"的第一条罪状。"我想,上述两种情况都有可能存在,即陆游婚后倦学,影响功名仕途;唐琬婚后不育,影响宗祀香火。"(《陆游诗词导读·导言》)

金性尧对"婚后倦学"不完全采信,认为主要还是婆媳不和,而且是两种力量的对立。唐琬有个性,也多少有些新思想,"不像一般妇女那样驯服于家教门风的制约",陆母守旧,南宋最重礼教,陆家又是书香门第,于是必然发生矛盾,陆游是一个诗人的同时,又是一个深受封建纲常教育的儒生,于是酿成了悲剧,也成了他终生的沉重负荷。(金性尧《炉边诗话·沈园斜阳》)

以上几说都有道理。但从心理学角度出发,儿子和儿媳越恩爱,婆婆越可能妒忌,这也是大概率的事情。加上唐琬的价值观和陆母可能不太一致,一旦对陆游有较大影响力,陆母难以容忍便可想而知。这和《孔雀东南飞》里的情况有些相似。只不过唐琬更坚强,也许加上唐家人更开明宽仁,于是唐琬没有直接被毁掉。

陆游六十三岁时,有一首《余年二十时尝作菊枕诗,颇传于人。今秋偶复采菊缝枕囊,凄然有感》:

> 采得黄花作枕囊,曲屏深幌闷幽香。
> 唤回四十年间梦,灯暗无人说断肠。

——不知道是菊花的幽香,让他回到了和唐琬新婚燕尔的四十年前,还是因为想起了当年曾经并肩采菊、看着唐琬缝菊枕,才特地复行此举的。

六十八岁那年,陆游重游沈园,作《禹迹寺南有沈氏小园》:

> 枫叶初丹槲叶黄,河阳愁鬓怯新霜。
> 林亭感旧空回首,泉路凭谁说断肠。
> 坏壁醉题尘漠漠,断云幽梦事茫茫。

年来妄念消除尽，回首禅龛一炷香。

七十五岁时，陆游再作《沈园》二首：

城上斜阳画角哀，沈园非复旧池台。
伤心桥下春波绿，曾是惊鸿照影来。

梦断香消四十年，沈园柳老不吹绵。
此身行作稽山土，犹吊遗踪一泫然。

这两首感人。一个人，临近生命的终点了，依然在苦苦思念着分开了超过半世纪、故去几十年的往日爱人，依然在心中清晰地保存着对方美好的姿容，在曾经相遇的地方徒劳地追寻她的身影和气息，哪怕这种思念和追寻带来的，是无限的悲伤和怅惘。陈衍《宋诗精华录》评《沈园》说："无此绝等伤心之事，亦无此绝等伤心之诗。

就百年论，谁愿有此事，就千秋论，不可无此诗。"确实如此。

七十七岁时，陆游又作《禹寺》："暮春之初光景奇，湖平山远最宜诗。尚余一恨无人会，不见蝉声满寺时。"金性尧解得深切："沈园即在禹迹寺之南。是的，这种隐恨确是无人理会，而且连当年的蝉声也听不见了。"

到了八十一岁，陆游还在梦里重游沈园，作《十二月二日夜梦游沈氏园亭二首》：

路近城南已怕行，沈家园里更伤情。
香穿客袖梅花在，绿蘸寺桥春水生。

城南小陌又逢春，只见梅花不见人。
玉骨久成泉下土，墨痕犹锁壁间尘。

八十二岁，他又作《城南》：

> 城南亭榭锁闲坊，孤鹤归飞只自伤。
> 尘渍苔侵数行墨，尔来谁为拂颓墙？

那"颓墙"上尘渍苔侵、日渐漶漫的"数行墨"，就是那阕千古伤心的《钗头凤》了：

> 红酥手，黄縢酒，满城春色宫墙柳。东风恶，欢情薄，一怀愁绪，几年离索。错、错、错！　春如旧，人空瘦，泪痕红浥鲛绡透。桃花落，闲池阁，山盟虽在，锦书难托。莫、莫、莫！

八十四岁，陆游最后一次来到沈园，写了《春游四首》，其四便是上文提到的"沈家园里花如锦，半是当年识放翁。也信美人终作土，不堪幽梦太匆匆"。

所谓"以乐景写哀"，这首诗是很好的体现。繁花似锦,反衬爱情和幸福永久的失落,"当年"二字,充满了青春和欢乐一去不返的伤怀,最后两句,是凭吊心中唯一的爱,也是凭吊过去的好时光与梦幻般的幸福,同时对人生充满了告别的意味。现实的、心理的、人生的,三维的伤心,此诗可谓伤怀的立方。

陆游一写到唐琬,便深挚,便凄美,便味厚。让人叹息感情的伤痛和怅恨折磨人的同时,看到人生竟有这样的可能:辜负了所爱的人,却始终忠实于爱情本身。

"对于人生,有着极强的爱慕和执着,至于虽然负了重伤,流着血,苦闷着,悲哀着,然而放不下,忘不掉的时候,在这时候,人类所发出来的诅咒、愤激、赞叹、企慕、欢呼的声音,不就是文艺么?"厨川白村《苦闷的象征》中的这段话,想必陆游是会赞成的。

顾随说"王右丞心中极多无所谓,写出的是调和,心中也是调和,故韵长而力少",那么,陆游便是"心中极多想不开"。一生都如此。

获诺贝尔文学奖的波兰诗人辛波斯卡说:"我偏爱写诗的荒谬,胜过不写诗的荒谬。"陆游大概会说:"我偏爱写诗的想不开,胜过不写诗的想不开。"他依然活到高寿,写出九千多首诗,成为中国文学史上作品量最多的诗人。

心中极多想不开,自然是大辛苦,但若生命力架得住,这样的一生也未必不值得。

肝肠似火　色貌如花

读稼轩词,实在是目不暇接的:刚看他壮阔处龙腾虎跃,吞吐八荒,一转眼见他柔情时又有清有丽,妩媚深婉;刚看他劲气内敛、潜气内转,忽又是粗枝大叶、别样风流。

肝肠似火　色貌如花

谈一位作家、诗人，要放到文学史上去看，就说明这是一个大作家、大诗人。而有的人，要说他，必须放到大历史的座标上去看。文学史容纳不了，他的意义是要在整个大历史中去寻找的。多么巨大的存在。

辛弃疾。

每次一念这个名字，那个积贫积弱、动荡不宁的朝代，那个热血和屈辱、梦想和痛苦交织的时代就呼啸着扑到面前。

《中华通史》（陈致平著）第五卷"宋辽金史前编"第387页，"恢复之议"的小标题下，辛弃疾的名字出现了：

> "恢复失地，以雪靖康之耻。"这始终是南宋朝野中一般有志之士心目中的一种愿望。……自光宗宁宗以来，这种恢复之议，又渐渐地抬头。……恰好这时浙东安抚史辛弃疾奉诏入见。辛弃疾是个极富声望的爱国词人。他力陈金国必亡，愿大臣秣马厉兵，以为应变之计。……宁宗以韩侂胄平章军国大事，令布置北伐。

这一节还提到了"有婺州人陈亮连续上书，大倡恢复之议，其文辞激昂慷慨，轰动一时"。

看到自己的名字出现在"恢复之议"的标题下，而且和挚友陈亮携手登场，辛弃疾一定会感到些许安慰的。

毕竟,"恢复"是他一生的志向和心事,而他与陈亮志趣相投,曾在鹅湖同游,"把酒长亭说""老大那堪说",这两阕著名的《贺新郎》都是写给陈亮的。

但看到自己被评说为"爱国词人",辛弃疾胸中一定会涌上苦涩。"奉诏入见"、向宁宗当面奏事的时候,他已经六十五岁,他的生命只剩下最后三年。实际上,他就是上天给南宋降生的"挽银河仙浪,西北洗胡沙"的"经纶手","袖里珍奇光五色,他年要补天西北"的补天之才,而且他一腔热血一身本领,像一匹汗血宝马,一生都在嘶鸣着等待上战场。可惜"汗血盐车无人顾""不念英雄江左老",他毕生所追求的恢复中原事业彻底失败,一个立志于"弓刀事业"且曾建立奇功的铁血英雄,居然被迫转向"诗酒功名",最后——真的——成了一个词人。这让他如何甘心?

老话说,英雄不和命争。为什么?因为争不过。撞了南墙,不回头,有用吗?一撞再撞,后果仅仅是墙不倒吗？是人会撞死。

但，这是辛弃疾。他死心眼，他撞了南墙也不回头，他想：撞倒了南墙就不用回头了，于是他撞，一直撞，用头撞。他真的想撞倒这堵墙，因为这堵墙不合理，这堵墙妨碍了他做大事、妨碍了他"看试手、补天裂"。那堵墙当然不会倒，因为是时代和人性筑起来的，但是辛弃疾力量大，头颅硬，加上"到死心如铁"，于是他创造了奇迹：他的头颅没有碎，他改变了那堵墙的质地，他把墙撞成了一口巨大的钟，他一下一下地撞，撞出厚重洪亮的声音：当！咣——嗡……全天下都听见了，至今还在沉沉青史中回响。

看看辛弃疾是一个什么样的人，以及他命中的那堵墙是怎么立起来的。

《宋史·辛弃疾传》记载：辛弃疾，"字幼安，齐之历城人。少师蔡伯坚，与党怀英同学，号'辛党'。始筮仕，决以蓍，怀英遇《坎》，因留事金，弃疾得《离》，遂决意南归。"

辛弃疾，原字坦夫，后改字幼安，中年后别号稼轩居士。宋高宗绍兴十年（1140年）五月十一日，生于历城（今山东济南郊区）的四风闸。他出生的时候，山东地区已经沦陷金人之手十三年了，所以，这位民族英雄是出生在沦陷区的，这为他一生的忧国忧民、满腔忠愤和报国无门定下了一个宿命的基调。少年时他和党怀英同学，有一次两个人为前程而占卜，党怀英得了"坎"，是"北方"的意思，辛弃疾得了"离"，是南方的意思，所以决心南下归宋。其实这个说得太表面化了。辛弃疾的祖父辛赞是对他童年和少年影响最大的一个人，辛弃疾父亲早亡，所以自幼跟着祖父，在其任职之地读书。金兵占领济南的时候，辛赞被家人拖累无法及时脱身南下，后来只好做了金朝的官，但内心是宋朝遗民的心态。辛弃疾后来在《美芹十论》中回忆道：那时候，祖父常常带着他"登高望远，指画山河"，还曾两次让弃疾跟着手下去燕山"谛观形势"，辛弃疾观察了地形，也目睹了沦陷区百姓的悲惨生活，坚定了祖父寄望他的"投衅而起，以纾君父不共戴天之愤"的决心。所以，收复失地、洗雪前耻、解救苍生、整顿乾坤，是写在辛弃疾基因里的，"了却君王天下事，赢得生前身后名"的热望，是流淌在辛弃疾血管里的。即使占卜得了"坎"卦，难道他就会留在北方当他的"身在曹营心在汉"的官三代吗？怎么可能！他的心、他的热血、他的每一次呼吸都不允许。一流人物，从来只听从内心的呼唤，因为他明白自己是为什么而生的。

1161年，金主完颜亮南犯而死，金廷内乱，北方汉族人民纷纷起义，中原豪杰趁势并起，其中"耿京聚兵山东，称天平节度使，节制山东、河北忠义军马"。二十二岁的辛弃疾马上在济南南部山区聚众两千多人抗金，不久率众投奔耿京，担任耿京的掌书记。不久发生了一件事，辛弃疾小试锋芒。辛弃疾认识一个僧人义端，当时义端也聚众千余，辛弃疾劝他来归于耿京，不料一天晚上义端竟然偷了耿京的军印逃跑了，辛弃疾知道他一定会向金人献印，并且将义军的虚实去向金人告密，于是急忙追赶，追上了他。义端应该也是一个聪明人——聪明得太过了，以至于首鼠两端出尔反尔，但聪明人会说话，生死关头讨饶的话也说得别致动听："你是青兕的化身，力大无比，能杀人，求你别杀我。"什么叫青兕？看到有的解释是"青牛"，错了。青兕，是古代犀牛类兽名，只有一角，青色，重千斤。辛弃疾，身材壮硕，红颊青眼，目光有棱，肩胛有负，天生相貌如此不凡，加上追击时迅猛而剽悍，义端说他本相是神兽青犀牛，倒也算有眼光。辛弃疾不理会，他甚至都不和这种人渣多说一个字，只一剑，他就杀了义端，然后带着义端首级和军印，纵马回来复命了。好一个辛弃疾！耿京和义军将领们顿时更器重他了。

"马作的卢飞快，弓如霹雳弦惊"，多年以后，当辛弃疾回忆往事，肯定也想到了追杀叛徒的这一幕。

彼时金廷另立新主，重新稳定了北方，开始对义军各个击破，辛弃疾力劝耿京南向归附南宋朝廷。"绍兴三十二年，京令弃疾奉表归宋"，辛弃疾和义军将领贾瑞一起到达建康（今南京），宋高宗当时正在那里劳师，就在那里接见了辛弃疾一行，对他们表示嘉许和欢迎，正式任命耿京为天平军节度使，对贾、辛等人也授予官衔。辛弃疾就高高兴兴奉命回山东，准备向耿京传达宋廷的旨意。没想到在北归途中，听说耿京竟然被手下张安国所杀，张安国杀耿降金，义军溃散了。猝临事变，风云变色。好一个辛弃疾！他马上邀集了五十骑忠义人马，奇袭五万人的金营，当张安国正在和金将酣饮，辛弃疾从天而降，将之生擒并捆缚在马上，并号召营内耿京旧部起义，当场有上万人响应反正。辛弃疾一行飞驰而去，等金将反应过来，已经追之不及。辛弃疾回到建康，将张安国献给宋廷处置，宋高宗下旨斩之于市。辛弃疾这

一极富传奇色彩的壮举,轰动了朝野,"壮声英概,懦士为之兴起,圣天子一见三叹息。"(洪迈《稼轩记》)

"壮岁旌旗拥万夫,锦襜突骑渡江初。"《鹧鸪天》里的这两句,就是这段传奇生涯的记录。在别人,是英雄幻想,在辛弃疾,是亲身经历。

他正式南归了。这时,他二十三岁。

所有人都以为这是一个开始。不,不是所有人,是辛弃疾和天下所有期盼收复中原的人,都以为,这是一个开始。

一个气势恢弘的传奇的开始。显然,金人的克星来了,支撑时局的栋梁来了,扭转乾坤的经纶之才来了,天下的希望——来了。

可惜这竟然不是开始,而是结束。

生不逢时这件事,辛弃疾如果认了第二,就没有人敢说自己第一。这么一位才负管乐、胆识超群的铁血英雄,他一生所有的好时光,正好和宋廷四十多年的主和派当权、无心抗金的灰暗岁月相重叠。他诞生的次年（1141年），"绍兴和议"成；当他二十五岁时，"隆兴和议"成；而在他卒后一年（1208年），"嘉定和议"成。

这就是他的运，他的命。

顾随说："稼轩无论政治、军事、文学，皆可观，在词史上是有数人物。"

何止是词史？顾随后面也自己说了："稼轩真有才干，……稼轩此点颇似魏武帝老曹。"说辛弃疾的才干和曹操相似，这个才说到位了。

将辛弃疾和曹操相比，顾随不是第一个。陈廷焯《白雨斋词话》说："稼轩词仿佛魏武诗，自是有大本领、大作用人语。"——辛弃疾的词就像曹操的诗，自是有大本领、大作用的人才写得出来的。辛弃疾自己，也曾几番引曹操为同调。

辛弃疾尚在襁褓之中，岳飞被杀。我想过，辛弃疾如果有机会统兵打仗，会不会成为第二个岳飞？细细推想下来，未必。为了准备抗金，辛弃疾在湖南时组织飞虎军，盖飞虎营，有人向朝廷密告他浪费，皇帝就颁下金牌让他停止，辛弃疾把金牌藏起来，命令手下加快速度，然后回复皇帝："金牌收到了，飞虎营已经盖好了。"这样一个人，如果和岳飞一样，在形势大好、可以直捣黄龙的情况下，十二道金牌也未必能压垮他"气吞万里如虎"的战斗意志和对胜利的渴望。

那么这样一个人，怎么会坐视宋廷畏敌如虎、苟且偏安呢？人家让他看着，他只能眼睁睁看着呀。"不念英雄江左老"，其实是"念"过的，但每一次结论都是：不能重用，不能信任，老老实实地待着吧。英雄就这样老去，即使到老依然健壮如虎，但是属于他的叱咤风云、大显身手只能在梦里出现。

何必去梳理那一串尴尬的官职和莫名其妙的调派呢，何必再回想一遍他的各种期盼、筹划、摩拳擦掌之后的失望、不甘和悲愤呢？何必再细数这样一个豪杰之士所受到的种种妒忌、忌惮和排挤呢？更不忍回顾他因为是从沦陷区南下的"归正人"这个"先天不足"而遭受的猜疑、歧视和打压了。每一次，每一件，都让人不禁"三叹息"，而辛弃疾的一生，何止三百叹息！这不是一个人的事。天下只有一个辛弃疾，朝廷可以始终让他难以施展和无聊闲居（谁说南宋朝廷不团结，在对待辛弃疾的态度上，他们很团结），但，随着英雄的一生在叹息中流逝，南宋的希望也在叹息声中渐渐熄灭了。

辛弃疾曾预言金国六十年后必亡，结果六十二年后金亡；他曾担心南宋和金国相持，会有第三方强敌崛起，到时候金亡之后，宋亦大祸临头，结果也应验了——蒙古崛起，先灭了金，后灭了南宋。南宋终于连求偏安都不得了。到了这时候，不知道有没有人想起一个叫辛弃疾的人，就是这个辛弃疾，一生都想避免这幕悲剧，临死还在呼喊："杀贼！杀贼！"

光緒壬午二月效元人没骨法
寓滬十二幀於春申浦齋伯年任頤記

《宋史·辛弃疾传》还记载，南宋大势已去的咸淳间（1265—1274），史馆校勘谢枋得经过辛弃疾墓旁僧舍，听见有疾声大呼于堂上，若鸣其不平，自昏暮至三鼓不绝声。枋得秉烛作文，表达了对辛弃疾的敬佩和同情，以及继承遗志、光复中原的决心，谢枋得大声朗诵了祭文，那个声音才安静下来。德祐初，谢枋得向朝廷请奏，朝廷加赠辛弃疾少师，谥忠敏。德祐是年号，只用了两年，1275、1276。"德祐"二字听上去实在像一个讽刺，因为1279年南宋覆灭的凄惨结局，已经等在崖山了，何曾有"德"？如何能"祐"？我常常想，当陆秀夫背着幼主投海自尽，宋军阵亡尸体漂满海面的时候，当为辛弃疾鸣不平的谢枋得自己也绝食殉国的时候，辛弃疾的英魂会再次疾声大呼，还是泣血呜咽？反正和他一样刚正忠勇的人都死了，再没有人听见。反正他最担忧的事情还是发生了，天塌了，陆沉了，再也没有人能挽回。

　　辛弃疾没有机会做名将、做宰相，最后心不甘情不愿地成了词人，南宋词坛第一人。对于个人而言，并不是最不幸的情况。因为以"莫须有"罪名被冤杀的岳飞，连这样的机会都没有呢。更何况，因为有词，给他烈性的情绪一个出口，他好歹也活到六十八岁，给我们留下了六百多首稼轩词。

谁不知道辛弃疾呢？"醉里挑灯看剑，梦回吹角连营"，"东风夜放花千树，更吹落、星如雨"，"众里寻他千百度，蓦然回首，那人却在，灯火阑珊处"，"把吴钩看了，栏杆拍遍，无人会，登临意"，"青山遮不住，毕竟东流去"，"少年不识愁滋味，爱上层楼，爱上层楼，为赋新词强说愁"，"我最怜君中宵舞，道男儿、到死心如铁。看试手，补天裂"，"却将万字平戎策，换得东家种树书"，"我见青山多妩媚，料青山、见我应如是"，"千古兴亡多少事？悠悠，不尽长江滚滚流"，"凭谁问：廉颇老矣，尚能饭否？"……一代一代传下来，那么亲切，那么入心，每个人都觉得好像遇到过辛弃疾，亲耳听见他说出这些心里话。

好的文字能催眠。在诗词中，一个王维，一个辛弃疾，特别明显。评论王维诗的文字往往清丽绝俗，优美如诗；所有评论辛弃疾词的文字也都掷地有声，格外有气势——"横绝六合，扫空万古，自有苍生以来所无。"（刘克庄《辛稼轩集序》）"其词慷慨纵横，有不可一世之概。"（《四库全书总目提要·稼轩词提要》）"稼轩词龙腾虎掷，任古书中理语、瘦语，一经运用，便得风流，天姿是何复异！"（刘熙载《艺概》）……

文学作品的魅力、感染力，由此可见。

诗词的血肉是文字，文字里藏着作者的所有秘密。那么从文字入手，来看看辛弃疾的"不可一世之概"。

因为辛弃疾，词里第一次出现了金戈铁马、大戟长枪。稼轩词，到处可以看到各种兵器的影子，以及和军事行动、军旅生涯有关的字眼，真正是满纸刀光剑影——

看取**弓刀**陌上,车马如流。(《声声慢·滁州旅次登奠枕楼作,和李清宇韵》)

目断秋霄落雁,醉来时响**空弦**。(《木兰花慢·滁州送范倅》)

把**吴钩**看了,栏杆拍遍,无人会,登临意。(《水龙吟·登建康赏心亭》)

须臾动地**鼙鼓**……万里长鲸吞吐,人间儿戏千**弩**。(《摸鱼儿·观潮上叶丞相》)

腰间**剑**,聊弹**铗**。……况故人新拥,汉坛**旌节**。(《满江红·汉水东流》)

落日**塞**尘起,**胡骑**猎清秋。汉家**组练**十万,**列舰**耸高楼。……忆昔鸣**髇**血污,风雨佛狸愁。(《水调歌头·舟次扬州,和杨济翁、周显先韵》)

旌旗未卷头先白。(《满江红·江行,简杨济翁、周显先》)

想**剑**指三秦,君王得意,**一战**东归。……落日**胡尘**未断,西风**塞马**空肥。(《木兰花慢·席上送张仲固帅兴元》)

挥**羽扇**,整纶巾,少年**鞍马**尘。(《阮郎归·耒阳道中为张处父推官赋》,羽扇纶巾是儒将装扮)

弹**短铗**、**青蛇**三尺,浩歌谁续?……且置**请缨**封万户,竟须卖**剑**酹黄犊。(《满江红·倦客新丰》)

湖海平生,算不负、苍髯如**戟**。……风雨暗,**旌旗**湿。(《满江红·送信守郑舜举被召》,戟,古代一种长杆头上附有月牙状利刃的兵器,辛弃疾此处用它喻胡须)

故**将军**饮罢夜归来,长亭解**雕鞍**。……射虎山横一**骑**,裂石响**惊弦**。(《八声甘州·夜读李广传,不能寐,……赋以寄之》)

更**千骑弓刀**,挥霍遮前后。(《一枝花·醉中戏作》)

举头西北浮云,倚天万里须**长剑**。(《水龙吟·过南剑双溪楼》)

笔作**剑**锋长。(《水调歌头·席上为叶仲洽赋》)

年少万**兜鍪**,坐断东南**战**未休。(《南乡子·登京口北固亭有怀》)

想当年,**金戈铁马**,气吞万里如虎。(《永遇乐·京口北固亭怀古》)

……

更不消说他的许多代表作,里面和英雄失意交织在一起的都是沙场铁血、威风八面——

破阵子·为陈同甫赋壮词以寄之

醉里挑灯看**剑**,梦回吹**角**连营。八百里分**麾**下炙,五十弦翻塞外声,**沙场**秋**点兵**。马作**的卢**飞快,**弓**如霹雳**弦**惊。了却君王天下事,赢得生前身后名。可怜白发生!

鹧鸪天·有客慨然谈功名,因追念少年时事,戏作

壮岁旌旗拥万夫,锦襜突骑渡江初。燕兵夜娖银胡䩮,汉箭朝飞金仆姑。　追往事,叹今吾,春风不染白髭须。却将万字平戎策,换得东家种树书。

顾随说辛弃疾是个"军汉",是个"山东大兵","眼界极高、心肠极热之山东老兵",在强调他绝非纤弱文士的这个意义上,说对了,但容易让人误会这真是对他的评价。他可不单是老兵,他是个大英雄。他是谋略家和预言家,他还是军事家。他有治国之能,也是将帅之才,所以他真的能"出将入相"。"用之可以尊中国",这句话,用来说辛弃疾自己,再合适不过。

他想改写历史,可是他连自己的命运都左右不了。他是万般无奈,被逼着成了文化精英。

这样的大英雄自是词人里的异数,"他有极健康的体魄,而同时又有极纤细的感觉"(顾随语),他纤细起来,就纤细到了十分,但依然活泼泼的,便格外妩媚。

还是从字上看。不细看,很容易忽略,这样一个铁血汉子,竟然是很喜欢花的。

> 莫管钱流地,且拟醉黄花。(《水调歌头·寿赵漕介庵》)
>
> 疏篱护竹,莫碍观梅。秋菊堪餐,春兰可佩,留待先生手自栽。(《沁园春·带湖新居将成》)
>
> 惜春长怕花开早,何况落红无数。(《摸鱼儿·淳熙己亥,自湖北漕移湖南,同官王正之置酒小山亭,为赋》)
>
> 问玄都,千树花存否?(《贺新郎·柳暗凌波路》)
>
> 春正好、故园桃李,待君花发。(《满江红·送汤朝美司谏便归金坛》)

正**梅花**,万里雪深时,须相忆。(《满江红·送李正之提刑入蜀》)

有怒涛声远,**落花**香在,人疑是、桃源路。(《水龙吟·题雨岩。……如风雨声》)

红莲相倚浑如醉,白鸟无言定自愁。(《鹧鸪天·鹅湖归,病起作》)

看**野梅**官柳,东风消息。(《满江红·送信守郑舜举被召》)

剩水残山无态度,被**疏梅**、料理成风月。(《贺新郎·把酒长亭说》)

休叹**黄菊**凋零,孤标应也,有**梅花**争发。(《念奴娇·瓢泉酒酣,和东坡韵》)

对郑子真岩石卧,赴陶元亮**菊花**期。(《浣溪沙·壬子春,赴闽宪,别瓢泉》)

君恩重,教且种**芙蓉**。(《小重山·三山与客泛西湖》)

梅花也解寄相思。(《定风波·三山送卢国华提刑，约上元重来》)

画栋频摇动，**红蕖**尽倒开。(《南歌子·新开池，戏作》)

黄花何处避重阳？要知烂漫开时节，直待西风一夜霜。(《鹧鸪天·寻菊花无有，戏作》)

自从一雨**花**零落。(《鹧鸪天·石壁虚云积渐高》)

唯有**黄花**入手。(《贺新郎·题傅岩叟悠然阁》)

花向今朝粉面匀。(《浣溪沙·偕杜叔高、吴子似宿山寺戏作》)

小桃无赖已撩人。**梨花**也作白头新。(《浣溪沙·父老争云雨水匀》)

掩冉如羞、参差似妒，拥出**芙蓉**花发。(《喜迁莺·谢赵晋臣敷文赋芙蓉词见寿，用韵为谢》)

冷蝶飞轻**菊**半开。(《瑞鹧鸪·期思溪上日千回》)

停云堂下**菊花**秋。(《瑞鹧鸪·胶胶扰扰几时休》)

插花走马醉千钟……花开原自要春风。(《定风波·暮春漫兴》)

花不知名分外娇。(《鹧鸪天·东阳道中》)

百舌声中，唤起海棠睡。(《祝英台近·绿杨堤》)

有玉人怜我，为簪黄菊。(《满江红·倦客新丰》)

忆对中秋丹桂丛。花在杯中，月在杯中。(《一剪梅·中秋无月》)

点火樱桃，照一架、荼蘼如雪。(《满江红·点火樱桃》)

莫折荼蘼，且留取、一分春色。……恨牡丹、笑我倚东风，头如雪。(《满江红·稼轩居士花下与郑使君惜别醉赋。侍者飞卿奉命书》)

溪回浅滩，红杏都开遍。(《清平乐·书王德由主簿扇》)

……

写得最多的是梅、菊（花之外，他最喜欢的植物是松、竹），这都是传统审美中被寄托了理想人格色彩的花卉。还有桃、李、芙蓉、海棠、荼蘼、牡丹，也是诗词中常见的，辛弃疾写来不在意，本色风流。顾随称赞"点火樱桃，照一架、荼蘼如雪"一句"如此之开端，真好，真响！……写景没有写得这么有力的"。(《中国古典诗词感发》)

这便是辛弃疾，他纤细的时候亦是响亮的，他多情的时候亦是豪迈的。

一些传统中不被重视的，甚至从来没有资格在诗词中出现的花，在辛弃疾笔下也分外精神：

> **野棠**花落，又匆匆过了，清明时节。(《念奴娇·书东流村壁》)
> 算年年、落尽**刺桐花**，寒无力。(《满江红·暮春》)
> 朱朱粉粉**野蒿**开。(《鹧鸪天·鹅湖归，病起作》)

酿成千顷**稻花**香，夜夜费，一天风露。(《鹊桥仙·己酉山行书所见》)

稻花香里说丰年，听取蛙声一片。(《西江月·夜行黄沙道中》)

春入平原**荠菜花**。(《鹧鸪天·游鹅湖，醉书酒家壁》)

城中桃李愁风雨，春在溪头**荠菜花**。(《鹧鸪天·代人赋》)

......

更有《临江仙·探梅》("更无花态度，全是雪精神")、《江神子·赋梅，寄余叔良》、《鹧鸪天·桃李满山过眼空》、《瑞鹤仙·赋梅》、《粉蝶儿·和赵晋臣敷文赋落梅》等阕专咏梅花。但也许因为感情太热烈，力量太足，他这些整首专咏一种花的都不如他词中信手写出的一两句的好。

有力量如辛弃疾,也是随意的好,一有心,就着相,一随意,就风流。

只有《清平乐·忆吴江赏木樨》是例外,这阕独写桂花,却好:

> 少年痛饮,忆向吴江醒。明月团团高树影。十里水沉烟冷。　　大都一点宫黄,人间直恁芳芬。怕是秋天风露,染教世界都香。

多么飞扬,多么明亮,多么高洁,多么芬芳。如此洁净而有力量,而有高致。这就是辛弃疾,他的内心,他的人格。

他也会伤春惜别、儿女情长么?当然会。必须会。你当他是个粗人、莽汉吗?

满江红

稼轩居士花下与郑使君惜别醉赋。侍者飞卿奉命书。

莫折荼蘼,且留取、一分春色。还记得,青梅如豆,共伊同摘。少日对花浑醉梦,而今醒眼看风月。恨牡丹、笑我倚东风,头如雪。 榆荚阵,菖蒲叶。时节换,繁华歇。算怎禁风雨,怎禁鹈鴂。老冉冉兮花共柳,是栖栖者蜂和蝶。也不因、春去有闲愁,因离别。

飞卿,是辛弃疾身边留下姓名的六名妾侍之一。顾随赞叹:"花下伤离,醉中得句,侍儿代书,此是何等情致。"

江城子(亦作"江神子")·和陈仁和韵

宝钗飞凤鬓惊鸾。望重欢,水云宽。肠断新来,翠被粉香残。待得来时春尽也,梅结子,笋成竿。　湘筠帘卷泪痕斑。珮声闲，玉垂环。个里柔温，容我老其间。却笑平生三羽箭，何日去，定天山。

顾随说此词"写柔情而用健笔"，"写柔情百折，不用《红楼》笔法，而用《水浒》笔法，此稼轩所以为稼轩。"说得再好不过。

伊人之美、相思之苦、相见之满足，这汉子居然写得如此勾魂摄魄。但你以为他真要和柳永、秦少游争胜吗？不。绝不。相爱的人相守了，美满吗？美满了。可以这样心满意足地生活下去了？并不。我的一身本领还没有施展呢，什么时候国家才用我呢？国家不让我去"定天山"，则我只能老死于温柔乡，这样的人生不是我想要的。柔情百折，是真的，且他比别人还浓挚，但他不是常人，甘心沉溺也终究无法沉溺，无论何时何地，"眼前万里江山"。他的本领大、抱负也大，这不是容易享的福，在别人已经是幸福的境地，在他，仍然是痛苦。

顾随说"笑他分豪放、婉约为两途者之多事"，确实，像辛弃疾这阕《江城子》，到底是豪放还是婉约？若说豪放，何等缠绵悱恻，若说婉约，写儿女情长居然归到了"三羽箭，定天山"。怎可如此写？他便如此写。因为他就是如此想的。

辛弃疾的情词，这首一向得到很高的评价——

祝英台近·晚春

宝钗分，桃叶渡。烟柳暗南浦。怕上层楼，十日九风雨。断肠片片飞红，都无人管，更谁劝、啼莺声住。　鬓边觑。试把花卜归期，才簪又重数。罗帐灯昏，呜咽梦中语。是他春带愁来，春归何处，却不解、将愁归去。

是代女子立言，但柔肠百转写得如此逼真，深细，蹊径别开，不懂爱的人做不到，不曾深爱过的人也不能。

前人赞之"昵狎温柔，魂销意尽，才人伎俩，真不可测"（明代沈谦《填词杂说》），其实，是因为辛弃疾有深情，真懂得爱。

我还特别喜欢这首——

鹧鸪天·东阳道中

扑面征尘去路遥，香篝渐觉水沉销。山无重数周遭碧，花不知名分外娇。　　人历历，马萧萧，旌旗又过小红桥。愁边剩有相思句，摇断吟鞭碧玉梢。

开头两句时间顺序是颠倒的，先写征人上路，后写闺房中燃香料的笼子中沉香渐渐燃尽。其实是先沉香渐渐销尽（亦暗示良宵之尽），良宵尽、黎明至，于是征人与深爱的女子分开，开始了征途。行军途中，但见周围重峦叠嶂满目青翠,山花烂漫,虽不知名,而已令人感其娇俏可爱。人影历历,马声萧萧,旌旗招展,这队人马又过了小红桥。一路走来,因为不断地触景生情,反复摇鞭吟咏相思之句,竟然摇脱了鞭上的碧玉梢头。色彩明快的山水之间,生气勃勃的行军途中,征途相思,马背吟诗,这真奇特 —— 既情浓意痴,又爽利明快,既有思绪绵绵,又勇往直前生机勃勃。此一种充满快乐和希望的相思,此一种大英雄的痴情,在词里不曾读到。这是辛弃疾独一份的。唯大英雄能本色,这就是他的本色。不是要行军打仗么? 走呀。毫不犹豫地离开温柔乡,天刚破晓就出门;一路上能不思念么? 自然思念。可也不耽误行军速度,还不耽误看景看花;景色、山花俱美,能放下心事了么? 别的放下了,相思放不下。于是,吟相思之词于马背之上,在相思的缠绕之中戎马倥偬。

到了这个境界,不要说分豪放、婉约是多事,就是分英雄主义、浪漫主义也是多事了。

辛弃疾一生壮志不酬。他有大志向，大本领，能承担大责任，但是没有机会承担。他以天下为己任，而且是真的担负得起天下兴亡的人。对比之下，李白的怀才不遇就显得虚浮，杜甫的怀才不遇也显得贫气，陆游的怀才不遇也带着几分空洞。因为他们不是没有那个力量，就是没有那个本事。而当时，有这个力量也有这个本事的辛弃疾如龙困浅滩，所有努力和挣扎只是惊起身边的鱼虾和蛤蟆，对他发起各种攻击和伤害。对辛弃疾而言，可谓"伤害性不大，侮辱性极强"。

琥珀为什么叫琥珀？因为古时传说，这是老虎死了以后，其精魂在地里变成的，老虎的魂魄，所以是虎魄——琥珀。后来读到另一个说法，说是老虎的目光化成的。据说，老虎死的时候，它的头是伏于地面的，眼睛向下，这时要记住那个地方，然后等月亮消隐的夜里，去那里挖掘，在深两尺的地方，会挖到一块黄色的玉石，那就是老虎目光凝结的产物。

辛弃疾就是一匹虎。他的目光,化作了巨大的琥珀。我们幸运,不用掘地二尺,它就在眼前,就是稼轩词。

而彼时,我们都帮不了他。

幸亏英雄的另一面是诗人,所以他还能做一个山水间的人。他和大自然是真朋友,"自笑好山如好色";他和大自然也是平起平坐的关系,"我见青山多妩媚,料青山见我应如是",他写了那么多山水,他笔下的山水都有奇气,情境兼胜,笔力擒纵杀活,令人精神一振。试看一首写山:

满江红·题冷泉亭

直节堂堂,看夹道冠缨拱立。渐翠谷、群仙东下,佩环声急。闻道天峰飞堕地,傍湖千丈开青壁。是当年、玉斧削方壶,无人识。　　山木润,琅玕湿。秋露下,琼珠滴。向危亭横跨,玉渊澄碧。醉舞且摇鸾凤影，浩歌莫遣鱼龙泣。恨此中、风月本吾家，今为客。

再看这首写水：

生查子·独游雨岩

溪边照影行，天在清溪底。天上有行云，人在行云里。　　高歌谁和余，空谷清音起。非鬼亦非仙，一曲桃花水。

幸亏他还是一个田园中的人。他仰慕陶渊明的"归园田"，也和苏轼一样能够深切体会田园生活的淳朴、自然、自由和美。

西江月·夜行黄沙道中

明月别枝惊鹊，清风半夜鸣蝉。稻花香里说丰年，听取蛙声一片。　七八个星天外，两三点雨山前。旧时茅店社林边，路转溪桥忽见。

这阕诚如顾随所言，是辛弃疾词中最快乐的一首，艺术上则是"簇簇新的稼轩词法"，"粗枝大叶，别具风流"。（《苏辛词话》）他为什么快乐？因为他虽然"力拔山兮气盖世"，但本性是个单纯的人，月明之夜行走在农村的大地之上，明月、清风、蛙声、稻花香，田园以纯净回应他的纯净，以坦诚报答他的坦诚，于是，他放松了，内心痛苦、尘世纷扰都忘却了，"我"也不见了，自在、喜悦而轻快，就像大地之上的一缕风。

另外几阕也极佳，如——

鹧鸪天·游鹅湖醉书酒家壁

春入平原荠菜花，新耕雨后落群鸦。多情白发春无奈，晚日青帘酒易赊。　闲意态，细生涯。

牛栏西畔有桑麻。青裙缟袂谁家女，去趁蚕生看外家。

以荠菜花作为春的象征，多么朴素而别致！不是田园中人，绝想不到；不是大诗人，绝不能写得这样灵动而浑然。再看"闲意态，细生涯"六个字，多么传神——村民的神态悠闲自在，农家生活虽然平凡但井井有条。写农家生活，没有见过比这更贴切而经济的。

词中写农家生活，是苏东坡开创的，辛弃疾继承了，而他不但有"闲意态，细生涯"，还有"城中桃李愁风雨，春在溪头荠菜花"，则他对田园的审美和表现，和老师苏轼相较，有过之无不及。

鹧鸪天·鹅湖归，病起作

著意寻春懒便回。何如信步两三杯。山才好处行还倦，诗未成时雨早催。　　携竹杖，更芒鞋。

朱朱粉粉野蒿开。谁家寒食归宁女，笑语柔桑陌上来。

上片写春游，心情松弛，随遇而安，下片是农家小景，纯是白描，而诗意盎然，满纸都是对春天、对田园生活的赞美和兴味。上面一首他写荠菜花，这一首他又写了野蒿、桑树，这是一个赤子，一个诗人，同时，是一个在田园中心灵得到安抚和舒展的人。

爱辛弃疾的人于此可以得到安慰：辛弃疾的一生，活得不如意，不舒畅，但活得很精彩，很丰富。

稼轩词名作多，笔法、字法前人多有妙论，这里不赘。有两小处，可以从此看去，更知这个山东英雄的性情和手段。

第一是他最拿手的长调是《贺新郎》，原因不在文字内部，在文字外。"辛稼轩，词中之龙也"，他的力量，他的气概，使他对这样的长调羁勒在手、驱策自如，"信笔写去，格调自苍劲，意味自深厚，不必剑拔弩张，洞穿已过七札"（陈廷焯《白雨斋词话》）。后人学也不像，不得不服。

第二，辛弃疾词中多"复字"（在一阕词中重复用同一个字），两宋词中少见。你道为何？皆因他是无奈才做了词人，所以何曾耐烦那许多讲究？他真不在乎，因此不拘泥。所谓"细谨不拘，大行无亏"（顾随语）。其中，复"我"、"吾"二字尤多，如《满庭芳·和章泉赵昌父》有三个"我"字，《沁园春·和吴子似县尉》也有三个"我"字，《水调歌头·我亦卜居者》有三个"我"、一个"吾"，《贺新郎·甚矣吾衰矣》竟有三个"吾"字、三个"我"字。这说明他的自我特别强大，自我意识撑天拄地，也说明他直抒胸臆、敢自担荷的英雄本色。

读辛弃疾，不论他写什么，最要看他别开天地，不可一世。大体看他慷慨纵横，沉着痛快，而有时看他天真浪漫，有时看他秾纤绵密。

读稼轩词，实在是目不暇接的：刚看他壮阔处龙腾虎跃，吞吐八荒，一转眼见他柔情时又有清有丽，妩媚深婉；刚看他劲气内敛、潜气内转，忽又是粗枝大叶、别样风流……

原因不在技巧，亦非笔墨一途中事。"稼轩固是才大，然情至处，后人万不能及。"（周济《介存斋论词杂著》）这说到了根子——才大，情至，所以如此。才大，情至，"宁后世龌龊小生所可拟耶？"（王国维《人间词话》）

才大，情至，这才是辛弃疾。

如果一定要选一首代表稼轩词特色的，说不得只好咬牙选定这首：

沁园春

灵山齐庵赋，时筑偃湖未成

叠嶂西驰，万马回旋，众山欲东。正惊湍直下，跳珠倒溅；小桥横截，缺月初弓。老合投闲，天教多事，检校长身十万松。吾庐小，在龙蛇影外，风雨声中。　　争先见面重重，看爽气、朝来三数峰。似谢家子弟，衣冠磊落；相如庭户，车骑雍容。我觉其间，雄深雅健，如对文章太史公。新堤路，问偃湖何日，烟水濛濛。

真有力。"真乃倒流三峡，力挽万牛手段"（顾随语），可不是，他是青犀牛。而且真高，真帅。他打通了所有的一切来写的。顾随说："写出'磊落''雍容''雄深雅健'，有见解，有修养，有胸襟，有学问，真乃掷地有声。……此处说是写山固得，说是这老汉子自道，也何尝不得。"

这就是了。辛弃疾词的艺术特色，或曰风度，风神，风范，就是这三个词：磊落，雍容，雄深雅健。没有谁比他自己说得更好。

但有人和他说得一样好，那便是夏承焘因《摸鱼儿·

更能消几番风雨》而说他的那八个字:"肝肠似火,色貌如花"。第一次看到这八个字,不敢拍案,只是心惊,继而点头叹息。辛弃疾其人其词,就是如此这般了。这八个字怎么讲? 去读稼轩词。

若欲解厌世冷淡,读辛弃疾。欲破精致利己,读辛弃疾。欲振萎靡无聊,读辛弃疾。欲治气血两亏、虚弱颓丧,更须读辛弃疾。